Horst M. Lampe

Engel mit sanften Pfoten

HORST M. LAMPE

Engel mit sanften Pfoten

Himmlische Katzengeschichten

LANGEN MÜLLER

Schutzumschlaggestaltung: Bernd und Christel Kaselow, München
unter Verwendung einer Illustration von Kirsten Laves, München
Satz: Uhl + Massopust, Aalen
Gesetzt aus Janson Text
Druck und Binden: Graphischer Großbetrieb Pößneck GmbH
– Ein Mohndruck-Betrieb –
Printed in Germany
ISBN: 3-7844-2658-1

Für Mau,
unseren ganz und gar
irdischen Kater

Inhalt

Die Seele seiner Frau

Nur wenige Menschen mögen Hunde und Katzen gleich gern. Die meisten Herrchen, die sich für einen vierbeinigen Hausgenossen interessieren, haben keine engere Beziehung zu den weichfelligen Schmeichlern, die ihre Gunst nicht auf Befehl zeigen. Wer einen Kameraden will, der ihm folgt und auf den er sich unbedingt verlassen kann, weiß wenig mit einem Wesen anzufangen, das sich nur scheinbar in eine vorgegebene Ordnung fügt, das jederzeit bestehende Regeln umkehren und eigene Wege einschlagen kann. Männer bevorzugen im allgemeinen Hunde.

Nicht zufällig sind Katzen vorwiegend Freunde der Frauen und Spielgefährten der Kinder. Erstere neigen weniger zu Führungsansprüchen; sie geben eher nach und gehen stärker auf die speziellen Wünsche der schnurrigen Bartträger ein. Dem menschlichen Nachwuchs hingegen liegt eine Mieze anschmiegsamer im Arm als ein ausgewachsener Bello – auch wenn sie schon älter ist.

Hund und Katz werden eigentlich nur so lange gleich empfunden und behandelt, wie sie sich in Größe, Gewicht und scheinbarer Abhängigkeit kaum voneinander unterscheiden. Danach bilden sich unterschiedliche Allianzen, die zum Glück für Herrchen und Frauchen und die adoptierten Mehrbeiner oft ein Leben lang dauern.

Er war Witwer geworden. Weil er das Alter erreicht hatte, in dem man gewöhnlich in Pension geschickt wird – manchmal früher als gewollt – und er nicht wußte, was er mit sich anfangen sollte, hatte er sich um neue Arbeit bemüht. Außerdem dachte er daran, sich einen Hund anzuschaffen, damit er nicht mehr so allein war.
Einen Hund hatte er schon lange gewollt. Doch hätte seine Frau lieber eine Katze gehabt. Und weil sie sich weder für den einen noch für die andere entscheiden konnten, beide zusammen aber wohl zuviel für sie gewesen wären, kamen sie nie zu einem Ergebnis.
Nachdem er seine Frau verloren hatte, ging er zum Tierheim am Stadtrand. Nach seinem Besuch war er schon fast entschlossen, eine multiple Mischung mit besonders traurigen Augen zu sich zu nehmen, als er die Zusage für die Stelle als Nachtwächter in einer Fabrik erhielt. Zu dieser Aufgabe gehörte ein Schäferhund.
Der Hund lebte im Wächterhaus und begleitete denjenigen, der gerade Dienst hatte, auf seinen Kontrollgängen. Er war ein erfahrener Veteran, der seine Streifenpflicht ernst nahm und seiner Umgebung großen Respekt einflößte. Wer oder was ihm in die Quere kam, verscheuchte er knurrend oder bellend, die Spatzen eingeschlossen, die hingeworfene Brotkrumen aufpickten.
Mit dem neuen Wächter schloß er auf der Stelle Freundschaft. Und dieser vergaß den Mischling mit den traurigen Augen.

Kurze Zeit danach lief ihm eines Nachts auf dem Fabrikgelände die Katze über den Weg. Der Aufpasser an seiner Seite, der sonst bei jedem Spatz einen Heidenspektakel inszenierte, muckste sich nicht. Entweder hatte er den unbekannten Eindringling nicht gewittert und war jetzt so perplex, daß es ihm die Stimme verschlug, als dieser scheinbar aus dem Nichts auftauchte, oder sein Instinkt war ihm plötzlich abhanden gekommen.
Schließlich läßt kein Rüde, der etwas auf sich hält, eine fremde Katze ungeschoren. Vor allem dann nicht, wenn sie sich schnurrend und mit erhobenem Schwanz an seinen menschlichen Begleiter heranmacht. Wenigstens hätte sie Respekt vor einem zeigen können, der größer und stärker war.
Derjenige, dem die ganze Aufmerksamkeit zuteil wurde, verharrte zunächst einigermaßen regungslos, spürte er doch wieder die alte Ablehnung, gegen die schon seine Frau vergebens angeredet hatte. Dann versuchte er, das sich an ihn drängende Wesen wegzustoßen. Doch sein Bein war sonderbar schwer, so daß der Kick mißlang. Er besann sich auf seinen Begleiter. Aber als er den Schäferhund aufforderte, seine Pflicht zu tun, stellte der sich taub.
Die Katze hatte sich zwischen den beiden niedergelassen und putzte sich. Es schien dem Mann, als glänzte ihr weißes Fell in einem besonderen Licht. Franz, du träumst, sagte er sich, reiß dich zusammen. Und so setzte er seinen Rundgang fort. Zögernd folgte ihm der Hund. Als er sich umblickte, saß die Katze noch an der-

selben Stelle. Er sah sie erst wieder, als er zurückkam. Sie wartete vor der Tür des Wächterhauses und reagierte nicht auf seine scheuchende Handbewegung. Daß der Hund sie zu beschnuppern begann, schien sie ebensowenig zu stören. Kopfschüttelnd machte er die Tür hinter sich zu und packte das Brot aus, das er für die lange Schicht mitgebracht hatte.
Durchs Fenster beobachtete er den Hund, der sonst nicht von seiner Seite wich, wenn's ans Vespern ging. Er hatte sich neben die Katze hingestreckt. Als er ihn nach einer Weile hereinrief, um ihm seinen Anteil zu geben, war er nicht zu bewegen, seinen Platz zu verlassen. Dabei war die Katze gar nicht mehr da.
Sie begegnete ihnen erst wieder in der folgenden Nacht. Der Hund war verschwunden und kam mit ihr zurück. Und wieder fiel dem Mann der lichte Schein ihres Fells auf. Sie schaute zu ihm empor aus großen Mandelaugen, den Kopf geneigt, und wippte mit dem Schwanzende leicht übers Pflaster, ähnlich dem Wedel, mit dem seine Frau immer Staub gewischt hatte.
Als er sich des Vergleichs bewußt wurde, verwarf er diesen Gedanken und setzte seinen Weg fort – mit dem festen Vorsatz , der Sache einfach keine Beachtung mehr zu schenken. Doch diesmal blieb die Katze an seiner Seite, und dabei schien es ihm, als hielte sich der Hund mehr an sie als an ihn. Schließlich drückte sie sich an ihm vorbei in die Pförtnerstube.
Dort legte sie sich neben seine Füße, als gehöre sie dazu. Er entsann sich zwar, daß man streunende Katzen nicht mehr los wird, wenn man sie einmal gefüttert hat. Trotz-

dem hielt er ihr ein Stückchen Wurst von seinem Brot hin. Ihre Zunge berührte zart seine Hand, ohne daß sie den Bissen nahm. Dann halt nicht, brummte er enttäuscht und gab die Wurst dem alten Kameraden. Danach verging die Nacht schneller als sonst. Ein paarmal ertappte sich der Mann dabei, wie er mit der Katze sprach, obwohl lediglich der Hund auf seine übliche Weise antwortete. Vom letzten Rundgang, den sie zu dritt begannen, kehrten sie wieder nur zu zweit zurück. Am nächsten Abend brachte der Mann einen Beutel Milch mit – und trug ihn am Morgen unangetastet wieder nach Hause, weil diejenige, für die die Milch bestimmt war, ausgeblieben war. Irgendwann bemerkte er, daß er sie vermißte und daß er sich erleichtert fühlte, als sie wieder erschien. Der Hund zeigte seine Freude noch deutlicher. Er legte beide Pfoten auf sie, und der Mann hatte einen Moment lang Angst, er könnte ihr weh tun. Doch es schien ihr offensichtlich nichts auszumachen. Sie rollte sich auf den Rücken und biß ihm spielerisch ins Ohr.

Nach einer Woche trug er sie in der alten Einkaufstasche seiner Frau nach Hause. Eine Katzentoilette mit dem dazugehörigen Streu hatte er vorsorglich besorgt sowie eine Schale fürs Futter. Daß sie von beiden keinen Gebrauch machte, schrieb er der neuen Umgebung und der damit verbundenen Umstellung zu. Als er anderntags heimkam und Katzenklo wie Futter noch immer unberührt vorfand, war er besorgt. Doch machte seine neue Hausgenossin nicht den Eindruck, als fehle ihr etwas.

Sie sprang vom Sessel herab und begrüßte ihn liebevoll. Beim Kaffeekochen schaute sie zu, und er bildete sich ein, daß sie ihm gern geholfen hätte. Nach dem Frühstück legte er sich ins Bett. Beim Einschlafen merkte er, wie das Kissen neben ihm eingedrückt wurde. Undeutlich erinnerte er sich der Wochenenden, an denen er sich nach dem Morgenkaffee noch einmal ausgestreckt hatte und seine Frau zu ihm gekommen war, nachdem in der Küche wieder Ordnung herrschte.
Am Sonntag hatte er die Idee, daß die Katze Bewegung brauche. Früh ließ er sie aus dem Haus. Sie sich selbst zu überlassen, brachte er nicht übers Herz. Sie hätte sich ja verlaufen oder gar überfahren werden können. So begleitete er sie. Einmal sah er sie nicht mehr und erschrak. Doch sie war nur von einem Busch verdeckt gewesen. Da lief sie plötzlich über die Straße, ohne auf den Verkehr zu achten.
Er erholte sich erst wieder, als sie längst auf der anderen Seite saß und auf ihn wartete. Vor lauter Aufregung war ihm nicht aufgefallen, daß der Verkehr zu stocken schien, als sie über die Fahrbahn lief. Ein Motorradfahrer hatte sogar so stark abgebremst, daß er beinahe ins Schleudern geraten wäre. Ein paar Passanten regten sich über Leute auf, die es sich einfach machten, indem sie die Tiere, für die sie die Verantwortung übernommen hatten, hinaus und ohne Obhut ließen.
Der Mann beschloß, eine Leine zu kaufen. Notfalls würde es das Geschirr für einen kleinen Hund tun. Daran, daß sich gewöhnliche Katzen nicht gern angebunden ausführen lassen, dachte er zwar. Aber schließ-

lich handelte es sich hier um eine besondere Persönlichkeit. Deshalb war er keineswegs überrascht, daß sich sein Vorhaben ohne Schwierigkeiten verwirklichen ließ. Daß die Nachbarn über das ungewöhnliche Gespann zuweilen den Kopf schüttelten, störte ihn nicht. Auch daß sie ihn schon für ein bißchen verrückt hielten, weil er sich ab und zu mit seiner Begleiterin unterhielt, machte ihm nichts aus.

Irgendwann war er davon überzeugt, daß die Seele seiner Frau in der Gestalt der Katze zu ihm zurückgekehrt war. Von da an nahm er sie nicht mehr mit zur Arbeit, erzählte ihr jedoch von den Ereignissen, die sie nicht miterlebt hatte. Kissen und Decke hatte er frisch bezogen, und jedesmal, wenn er sich schlafen legte, rollte sie sich neben ihm zusammen, bis er aufwachte. Endlich kam er wieder gern nach Hause.

Um dieselbe Zeit wurde in der Fabrik angeordnet, daß ein zweiter Wachhund angeschafft werden müsse, da der Veteran zu alt geworden sei für den Einsatz rund um die Uhr. Als der Mann seiner Katze davon erzählte, fiel ihm der Asylant mit den traurigen Augen ein, den er beinahe vergessen hatte. Den hole ich, rief er spontan und ein bißchen zu laut für jemanden, der recht gut hörte.

Am Morgen legte er sich nicht wie üblich nach dem Dienst ins Bett, sondern fuhr mit der Katze ins Tierheim. Der Mischling war noch da: ein Riesenbaby mit Zotteln, Muschelohren und Knopfaugen, tapsigen Pranken wie ein Bär und einem viel zu langen Schwanz. Der ganze Hund machte den Eindruck, als sei er aus Teilen zusammengesetzt, die nicht zueinander paßten.

Der Bär schien sich über den Besuch zu freuen. Nachdem er die Katze gründlich untersucht hatte, wandte er seine Aufmerksamkeit dem freundlichen Fremden zu, legte seine Tatzen auf dessen Schultern und fuhr ihm mit der Zunge quer über Mund und Nase. Sein Name war Seppl. Der Mann dachte, daß für die Vorstellung in der Fabrik ein etwas martialischerer Eindruck vonnöten sei und taufte ihn kurzerhand Pluto. Eine Imageveränderung, die nicht half, wie sich herausstellen sollte.
Als der neue Pluto – nach kurzem Zwischenaufenthalt in der Wohnung seines Abholers und verschönendem Styling – vor der maßgebenden Autorität erschien, bekam diese einen Lachkrampf. Pluto hatte nämlich den originellen Einfall, sich auf die Weise in Positur zu setzen, wie dies die Hasen auf dem Felde tun, wenn sie in die Ferne äugen. Dazu ruderte er mit den Vorderpfoten vehement in der Luft.
»Herr Franz, das ist sicher ein guter und vor allem ein sehr lustiger Hund«, sagte derjenige, von dem die Anstellung abhing. »Aber er eignet sich bestimmt besser für den Zirkus!«
So kam der Witwer doch noch zu einem Hund, der ihm ganz allein gehörte, denn zurückbringen wollte er das Tier auf keinen Fall. Konnte er sich doch lebhaft vorstellen, wie es fühlen würde, wenn Erwartung und Hoffnung zerschlagen würden. Daß er sich damit selbst das schönste Geschenk machte, sollte er schon bald erfahren. Wenn die drei spazierengingen, gab es kaum einen, der nicht stehenblieb und Kontakt suchte. Denn sie waren wirklich etwas Besonderes: Der graue Zottelbär,

auf dem manches Kind gar zu gern geritten wäre. Die wunderhübsche weiße Katze, die an der Leine lief wie ein gut erzogener Hund. Und der ältere Herr, der mit den beiden Gespräche führte, als seien sie eine Familie. Bald war ihm Pluto, der inzwischen wieder Seppl hieß, so vertraut, daß er sich leichter damit abfand, am Ende mit ihm allein zurückzubleiben. Denn die Katze, die sein Leben verändert hatte, kam eines Tages von einem Ausflug nicht mehr wieder.

Strenge Hausordnung

Hauswirte sind Menschen, die das Leben anderer beeinflussen. Sie können Zufriedenheit und Harmonie vermitteln, dazu beitragen, daß Ordnung und Sicherheit beeinträchtigt werden oder durch mangelndes Verständnis für die Wünsche ihrer Mieter Unzufriedenheit und Frust auslösen. Gerade was die tierische Gesellschaft angeht, auf die es manchem von uns sehr ankommt, gibt es immer wieder Probleme.

Häuser, die uns nicht gehören, in denen wir aber wohnen wollen oder müssen, haben nach allgemeiner Erfahrung drei Sorten von Hauswirten. Zur ersten Kategorie gehören solche, die überhaupt nichts Tierisches unter ihrem Dach dulden, das mehr wiegt als zehn Gramm – wobei schon weiße Mäuse eine vorsorgliche Kündigung auslösen können. Derjenige, der glaubt, das unbedingte Sagen im Haus zu haben, ist dann bereit, seine Forderung bis zum Richterspruch zu verfolgen, durch den er dann allerdings in den meisten Fällen verliert. Es sei denn, er hat gegen Schlangen, Alligatoren oder Skorpione geklagt, die auch nicht gerade nach dem Geschmack der Mitbewohner sind.

Ein beträchtlicher Teil der Hausherrn hat nichts gegen singende Käfiginsassen, es sei denn, es handelt sich um

einen besonders lautstarken Papagei. Auch Kaninchen und Hamster werden meist hingenommen, obwohl manche von ihnen Leitungen anknabbern und Kurzschlüsse verursachen. Bei Hunden, die ständig bellen und für ihr Geschäft auf den Balkon gelassen werden – was sowieso Tierquälerei ist – rümpft man begründet die Nase. Katzen verursachen im Grunde am wenigsten Ärger, weil man sie nicht hört. Man sollte sie jedoch nicht ins Treppenhaus lassen, wo sie ausharren müssen, bis jemand kommt und ihnen die Haustür öffnet. Mitunter führt nämlich längeres Warten dazu, daß sie sich einer Sache entledigen, die dort nicht hingehört …
Immer noch in der Minderheit sind Hauswirte, die für ihre vierbeinigen Mieter ein freundliches Wort haben, wenn sie ihnen unterwegs begegnen. Ein kleines Geschenk, selbst wenn es süß und darum ungesund ist, fördert Freundschaften und erlaubt dem Schenkenden gelegentlich auch ein Wort nicht übel vermerkbarer Kritik, wenn sich Hund, Katze, Frauchen oder Herrchen einmal daneben benommen haben, was ja bekanntlich in den allerbesten Familien vorkommt.

Der Eigentümer des Gebäudes in einem gediegenen Viertel der Stadt gehörte zum erstgenannten Schlag. Er war der Prototyp des griesgrämigen Mieslings, der keine Gelegenheit ausließ, um seinen Mietern zu zeigen, wer Herr im Haus war. Die von ihm aufgestellte Hausordnung wies mehr Verbote als Rechte auf. Hielt er es für angebracht, demonstrierte er die von ihm verkörperte Hegemonie in seinem Bereich auf die selbst-

herrlichste Art. Wer unter seinem Dach wohnte, genoß schließlich ein Privileg.
Da er selbst im Erdgeschoß lebte, keine anderen Ambitionen und deshalb viel Zeit hatte und außerdem auf jedes Geräusch achtete, entging ihm nichts. Auch nicht, daß der pensionierte Buchhalter vom dritten Stock nicht wie sonst mit forschem Schritt den Kontrollpunkt passierte, sondern auf leisen Sohlen. Leider mußte er zuerst die Hose hochziehen, ehe er auf dem Flur nachschauen konnte.
Inzwischen war der Verdächtige um die nächste Treppenbiegung verschwunden. Die entscheidende Information lieferte dann jedoch das Hündchen, das der Pensionär eingeschmuggelt hatte. Irgendwo auf dem Weg nach oben wollte es sich aus der vorsorglichen Umklammerung lösen und unterstrich seine Anstrengungen mit mehrmaligem Protest.
Der Hauswirt, inzwischen komplett angezogen, stieg den beiden nach, störte sich nicht daran, daß ihm die Wohnungstür vor der Nase zugedrückt wurde, klingelte und verwies den harmlos tuenden Delinquenten auf Paragraph 24 der Hausordnung. Der Beschuldigte, friedlich und ohnehin nicht sehr standfest, gestand sein Vergehen, entschuldigte sich und versprach, das Hündchen umgehend ins Tierheim zurückzubringen.
Das ganze Unterfangen wäre übrigens ohnehin über kurz oder lang gescheitert. Hunde drängen ins Freie, wenn man ihnen erst einmal beigebracht hat, wo man als gesittetes Mitglied der Gesellschaft seine Geschäfte verrichtet. Die Behauptung, gerade Zugehörige kleiner

Rassen ließen sich dazu verleiten, ihrem natürlichen Drang zuverlässig auf einer ausgelegten Zeitung nachzugehen, ist durch nichts bewiesen.
Während Katzen nach wenigen Hinweisen begriffen haben, wo die Toilette ist, und dort fast immer sorgfältig ihre Hinterlassenschaft zudecken, funktioniert dieses Training bei der bellenden Konkurrenz so gut wie überhaupt nicht. Sie beendet nämlich den Vorgang meist mit einer Scharrattacke, bei der nicht nur die benutzte Unterlage zerfleddert, sondern die auf ihr niedergegangene Ablage in die Gegend geschleudert wird.

Die Kleine, die mit ihren Eltern über dem früheren Buchhalter wohnte, hatte eigentlich eine bessere Chance. Erstens schlief das Katzenbaby, als es von der Mutter in der Einkaufstasche unter Salat und Lauchstengeln heimgetragen wurde. Zweitens bestand keine Gefahr, daß es durch verräterische Laute den Hauswirt alarmierte. Drittens gab es, wie erwähnt, das Problem der Entsorgung nicht.
Da die Familie zudem gewillt war, das Tierchen zwischen den eigenen Wänden zu halten, wäre ihr Verstoß gegen die Hausordnung wahrscheinlich unbemerkt geblieben. Wenn es nicht jemanden nebenan gegeben hätte, der das Miauen hörte und den Mund nicht halten konnte. Als prompt die Abmahnung kam, überlegte der Vater den Gang zum Anwalt, hatte er doch gehört, daß Katzen und Hunde mittlerweile Bestandteil der Lebensqualität seien, die nicht eingeschränkt werden dürfe.

Doch am Ende beschloß der Familienrat, um des lieben Friedens willen ebenfalls nachzugeben. Es ist halt nicht jedermanns Sache, in einem Streit mit dem Hauswirt zwar recht zu behalten, sich dafür aber den Streß eines Dauerkriegs einzuhandeln. Allerdings wurde das Einlenken dadurch erleichtert, daß es eine Oma gab, die sich gern bereit fand, das Kätzchen zu sich zu nehmen. Was noch zusätzlich etwas Gutes mit sich brachte. Denn die bis dahin recht spärlichen Besuche der Enkelin bei ihr häuften sich von da an, und alle waren zufrieden. Bis sich die Lage schlagartig änderte.

Der Hauswirt hatte eine schlechte Nacht hinter sich. Ohne echte geistige oder körperliche Arbeit tagsüber war er am Abend nicht müde gewesen. Aus bloßer Gewohnheit hatte er sich ins Bett gelegt und war gleich darauf wieder aufgestanden. Die Suppe, die er sich aus Langeweile aufwärmte, lag ihm schwer im Magen, so daß er erst recht nicht mehr einschlafen konnte. Wie viele, denen Freude fremd ist, blieben ihm hoffnungsvolle Gedanken auf den kommenden Tag, mit denen sich schlaflose Stunden leichter überbrücken lassen, versagt. Erst gegen Morgen fand er etwas wie entspannende Befriedigung, nachdem er dem jungen Paar über sich, dessen Party nicht enden wollte, die Polizei geschickt hatte.

Bis seine Tochter auszog, nachdem er ihr seine Meinung über ihren neuen Freund gesagt hatte, war er noch einigermaßen mit seinem Leben zurechtgekommen. Jetzt wies selbst sein Speiseplan nicht mehr viel Erfreuliches auf. Dem Essen, das er auf seinem Gasofen zustande brachte, mangelte es an so ziemlich allem: an Phantasie, der Liebe zum Detail und der Bereitschaft des Kochs zum Experiment. So ging er auch an diesem Morgen unausgeschlafen und widerwillig der Routine vor dem Frühstück nach, als er das laute Miauen auf dem Flur hörte.

Zuerst dachte er, die Mieter vom vierten Stock hätten es sich anders überlegt und die kleine Katze zurückgeholt, der er erfolgreich Hausverbot erteilt hatte. Aber jene war grau und wesentlich kleiner gewesen als das Geschöpf, das jetzt im weißen Pelz vor seiner Tür stand, ihn anschrie und den Anschein erweckte, als wollte es eingelassen werden.

Er beschloß, den unerwünschten Eindringling in seine Wohnung zu locken, einzufangen und aus dem Haus zu werfen. Als das Tier der vermeintlichen Einladung nicht folgte, jagte er es über den Flur, versuchte schließlich sogar mit schmeichelnder Stimme sein Zutrauen zu gewinnen, blieb jedoch damit ebenfalls erfolglos. Da er sich mit Tieren nicht auskannte, wußte er auch nicht, daß man Katzen nur zu etwas bewegen kann, was nach ihrem eigenen Geschmack ist.

Dieses Exemplar schien indessen die besitzergreifenden Bewegungen des Hauswirts als lustiges Spiel zu betrachten. Die Katze lief niemals so weit weg, daß ihr Verfolger den Mut verlor, ließ ihn aber auch nicht so nahe herankommen, daß er sie berühren oder gar greifen konnte. Jedesmal, wenn er glaubte, er habe sie, war sie plötzlich entwischt und tauchte an einer ganz anderen Stelle auf. Dabei hatte er das Gefühl, sie dränge ihn selbst immer wieder zur Haustür. Stand sie dort, und er öffnete die Tür, um sie hinauszustoßen, wich sie aus. Erst als er vor Aufregung vergaß, daß sein Pyjama kaum straßenfähig war und sich anschickte, ihr nach draußen zu folgen, lief sie in die von ihm angestrebte Richtung. Kurz darauf zersplitterte im Erdgeschoß ein Fenster bei einer gewaltigen Detonation. Passanten und aufgeschreckte Bewohner halfen dem verstörten Mann auf die Beine und brachten ihn zurück in seine Wohnung. Die Küche, in der er um diese Zeit eigentlich gesessen hätte, war durch die Explosion des Gasherds völlig zerstört worden.

Dem herbeigerufenen Notarzt erzählte der mit einigen Schnittwunden glimpflich Davongekommene etwas von einer weißen Katze. Da sie nirgends zu sehen war, schrieb der Doktor das Gestammel dem Schock und einer vorübergehenden Verwirrung des Patienten zu.

Dieser fand nach einigen Tagen sein seelisches Gleichgewicht wieder, und zunächst sah es so aus, als hätte sich nichts verändert. Das Bedauern, das die Mieter bekundeten, und ihre mehr gezwungenermaßen geäußerten Glückwünsche zu seinem Überleben nahm er scheinbar gleichmütig entgegen. Der alten Dame, die meinte, er müsse einen Schutzengel haben, antwortete er mit einem vielsagenden Lächeln.

Vorwiegend kümmerte er sich um die Handwerker, die den demolierten Teil seiner Wohnung instand setzten. Weil dabei ein ständiges Kommen und Gehen nötig war, blieb meist die Wohnungstür offen. So fiel den vorübergehenden Hausbewohnern bald etwas auf, das sie ihren

Augen mißtrauen ließ: Den Arbeiten in der Wohnung sah ein Hund zu. Er gehörte dem Schreiner, der ihn prinzipiell zur Arbeit mitnahm. Noch ungewöhnlicher war, daß der Auftraggeber keinen Widerstand dagegen leistete. Wer ihn kannte, hätte sich noch mehr gewundert, wenn er gesehen hätte, wie er dem Riesenschnauzer gelegentlich ein Stück Wurst hinhielt.

Man hätte wohl daraus schließen müssen, daß hier vor allem der Herr des Hundes bei Laune gehalten werden sollte. Denn wer seinen vierbeinigen Kameraden sogar bei sich behält, wenn er bei Kunden zu tun hat und damit bestimmt gelegentlichen Ärger in Kauf nimmt, der würde eine freundliche Geste ihm gegenüber wohl honorieren. Selbst wenn sie zweckbedingt war und in unserem Fall nicht von Herzen kommen konnte.

Schon bald wurden die Skeptiker allerdings eines Besseren belehrt. Es sprach sich nämlich schnell herum, daß der Hauswirt bei dem Herrn im dritten Stock und auch bei der Familie darüber vorgesprochen und geradezu darauf gedrungen hatte, ihre Tiere zurückzuholen. Auch die neben dem Eingang ausgehängten Regeln wurden geändert.

Zu den ersten, die sich nach der neuen Hausordnung richteten, gehörte der Eigentümer selbst. Er gönnte sich eine weiße Katze, die sich nur durch einen kleinen schwarzen Fleck auf der Stirn von derjenigen unterschied, der er wahrscheinlich sein Leben verdankte.

Kein Talent

Daß die Welt voll von unentdeckten Talenten ist, geben selbst diejenigen zu, die von der Menschheit im allgemeinen wenig halten. Wie viele Gedichte werden in der Jugend geschrieben und bleiben in Tagebüchern und gebündelten Briefen verborgen, ohne daß die poetische Quelle zum Strom wird. So mancher vielversprechende Roman wird nicht vollendet, weil sich keiner findet, dem er Ausdruck eines noch zögerlichen Talentes ist.

Wer macht sich in dieser Zeit der Hektik und egoistischen Ignoranz noch die Mühe, hinter Fassaden nach Wesentlichem zu suchen. Und so bleibt gar manches Lied unkomponiert, manches Bild ungemalt. Denn heißt es auch, daß sich wahre Begabung am Ende durchsetze selbst gegen Gleichgültigkeit, bedauerndes Schulterzucken und sogar vernichtende Kritik, so sind das doch – wenn auch hinterher gerühmte – Ausnahmen.

Katharina Becker hatte als junges Mädchen mit dem Malen angefangen, als sie eine Zeichenlehrerin hatte, die sie verehrte. Sie besaß zwar nicht die Phantasie, Gegenstände und Szenen eigenwillig zu interpretieren. Aber sie konnte recht gut nach Vorlagen Kopien anfertigen, und ihre Lehrerin ermutigte sie, wenn sie behauptete, daß ein Duplikat schöner ausgefallen sei als das Original.

Schwer fiel ihr die Darstellung des Figürlichen. Abgesehen von einigen Picasso-Bildern von seinem Sohn als Clown und den Leuten vom Zirkus, die ihr als Postkarten in die Hände gefallen waren und die sie recht ordentlich abmalte, hielt sie sich lieber an Landschaften, Blumen und Pflanzen. Als sie in eine höhere Klasse kam, die Lehrerin wechselte und sie einen Studenten kennenlernte, der wenig Neigung fürs Musische zeigte, verlor sie das Interesse an ihrem Hobby.

Jahre später erinnerte sie sich der früheren Freude mit Zeichenstift, Farbe und Pinsel. Doch gab dieses Mal nicht die Sympathie eines Menschen, der sie mochte und förderte, den Ausschlag. Als verheiratete Frau saß sie im Rollstuhl seit einem Unfall, nach dem sie von der Hüfte abwärts gelähmt blieb.

Zum Glück hatte sie einen Mann geheiratet, der sie wirklich liebte und alles tat, um ihr die Bürde zu erleichtern. Als sie, zuerst zaghaft und ohne großes Selbstvertrauen, den Gedanken aussprach, einige der langen passiven Stunden mit Malen auszufüllen, sorgte er für die dafür benötigten Utensilien. Allein schon seine spontane Begeisterung und seine offensichtliche Überraschung über das, was sie gleich am Anfang zustande brachte, motivierten sie zu weiteren Versuchen.

Da sie einst fast nur mit Wasserfarben gearbeitet hatte, konzentrierte sie sich auch jetzt wieder auf Aquarelle. Zudem eigneten sie sich besser als Acryl- oder Ölmalerei mit auf einer Staffelei stehender und für sie nur beschwerlich zu erreichender Leinwand. Aquarelle ließen sich dagegen auf flach liegenden Bogen malen. Auf einem Tisch, an den sie heranfahren konnte – oder sogar einfach im Rollstuhl, wenn sie ein Brett als feste Unterlage auf die Armstützen legte.

Obwohl sie mit den Ergebnissen ihrer Bemühungen meist unzufrieden war und sie wegwarf, blieben mit der Zeit aber doch genügend Blätter übrig, die sie in einer Mappe sammelte. Und weil sie sich an gebräuchliche Maße hielt, fiel es leicht, passende Rahmen dafür zu beschaffen. So bildeten allerlei Vögel, Flieder- und Apfelblüten, romantische Wege mit alten Türmen und Hügelwiesen mit Kirchturmspitzen bald eine ansehnliche Dekoration an den Wänden des Hauses.

Wenn Besucher die Bilder und die Künstlerin bewunderten, lehnte diese das Lob ab. Sie hatte ja nur getan, was sie anscheinend gut konnte: Sujets aus Büchern, von Kalenderseiten und Postkarten übernommen. Es war eine Reaktion, der ihr Mann widersprach, glaubte er doch zu erkennen, daß seine Frau ihren Aquarellen und Tuschezeichnungen mittlerweile einen eigenen Akzent beigab. Auch deswegen nutzte er seinen Kontakt zu einem Mitglied des Lehrkörpers der örtlichen Kunstschule.

Professor Grünspans Bezüge waren nicht so hoch, daß er auf das Honorar von einigen zusätzlichen Schülern verzichten konnte. Eigentlich machte er keine Hausbesuche, sondern empfing Aspiranten für den Privatunterricht im eigenen Atelier. Der besonderen Umstände wegen erklärte er sich jedoch bereit, sich die nach der Schilderung außerordentlich Begabte und ihre Werke vor Ort anzusehen.

Katharinas Mann hatte ihr erst in letzter Stunde das Erscheinen des Professors angekündigt, weil er wußte, daß sie das kritische Urteil des Experten scheuen und sich weigern würde, ihn zu empfangen. Ihre Aufregung legte sich aber schnell. Der Besucher erwies sich nämlich als ein freundlicher Herr mit weißer Mähne und einem Großvatergesicht, das Ruhe ausstrahlte und Verständnis versprach.

Er betrachtete lange die gerahmten Bilder und losen Blätter, machte hier und dort eine Bemerkung zu diesem und jenem Detail und erklärte der gespannt sein Urteil Erwartenden am Ende, daß sie zweifellos ein gewisses Talent und das Potential für weiteren Fortschritt habe. Dann versprach er, ihr dabei zu helfen, ihre Möglichkeiten auszuschöpfen und sie einmal in der Woche zu Hause zu unterrichten.

Daß die ausgesprochene Meinung nicht unbedingt seiner Überzeugung entsprach, behielt er für sich. In Wahrheit hielt er sie nämlich für eine junge Frau, deren Bilder sich zwar recht hübsch an den Wänden ausnahmen, aber kaum über Mittelmaß hinausreichten. Womit sie sich übrigens von den meisten derer, mit denen er sein Leben lang zu tun gehabt hatte, nicht unterschied. Andererseits war sie sympathisch und würde gewiß eine dankbare Schülerin sein. Ein bißchen kam er sich dabei als Therapeut vor, der einem gehandicapten Menschen half. Außerdem war das Honorar, das wegen des zeitlichen Mehraufwands etwas höher ausfiel als gewöhnlich, ein willkommenes Zubrot.

Zur ersten Lektion kam Professor Grünspan in Begleitung.

»Ich wußte nicht, daß Sie Ihre Katze mitbringen würden«, wunderte sich seine neue Schülerin.

»Gehört sie denn nicht zu Ihnen?« fragte er erstaunt zurück. »Sie saß vor Ihrer Tür. Katzen tun das ja manchmal, nachdem sie spazieren waren. Hunde haben es einfacher. Sie können sich lautstark bemerkbar machen!«

Katharina schüttelte den Kopf. »Am besten lassen Sie sie wieder hinaus. Sie war wohl nur neugierig und will dorthin zurück, wo sie hingehört.«

Doch die Katze wollte nicht. Sie sah sich um – den buschigen Schwanz in gehobener Erwartungshaltung, den Rücken gekrümmt – und entschied sich für einen Sessel, ohne den einladend geöffneten Ausgang zu beachten. Auf dem Sessel richtete sie sich ein und begann, sich eingehend zu putzen. Sie war ein außergewöhnlich schönes Tier mit seidig leuchtendem hellen Fell und schillernden Augen, mit denen sie die beiden Menschen aufmerksam beobachtete, wann immer sie ihren Putz unterbrach.

»Soll ich sie vor die Tür setzen?« fragte der Professor. Mit ihrer Zustimmung näherte er sich dem seßhaften Gast, um ihn auf die Straße zu tragen. Doch es blieb bei der Absicht. Als er sich niederbeugte, schnurrte die Katze ihn an, und in ihrem Blick lag ein Ausdruck, der ihn innehalten ließ.

»Vielleicht sollten wir sie doch lieber selbst entscheiden lassen, wann sie gehen will«, entschuldigte er sein Zögern, das er sich nicht erklären konnte.
Die Gastgeberin, der die Szene nicht entgangen war, half ihm. »Sie mag Sie!« bestätigte sie seine Zurückhaltung. »Katzen haben einen feinen Instinkt.«
Er nickte. »Ich mag Tiere. Sie sind mir lieber als manche Menschen.« Dann wandten sie sich der ersten Unterrichtsstunde zu.
Die Katze hatte ihren Putzplatz verlassen und sich eine Stelle gesucht, von wo aus sie auf Worte und Gesten genau zu achten schien. Als verstünde sie, was der Professor über die verschiedenen Merkmale der Malerei und insbesondere über Vor- und Nachteile von Leinwand- oder Papierqualitäten, Pinselstärken und Farbmischungen zu sagen hatte.
Daß man Katzen nachsagt, sie seien Gewohnheitstiere – wenn auch immer für Überraschungen gut – fand hier eine Bestätigung. Sprach Katharina Becker auch bald von »ihrer« Muse, verhielt sich die Katze doch so, als sei sie mehr eine Art Assistentin des Professors. Verabschiedete er sich, ging auch sie ihrer Wege. Kam er, wartete sie bereits vor der Tür. Verwundert darüber, daß sie – wenn der Unterricht einmal ausfiel – ebenfalls wegblieb, als hätte sie es gewußt, war keiner. Man gewöhnt sich leicht an Eigenheiten derer, die wir zu kennen glauben – besonders wenn sie uns nicht stören und uns vielleicht sogar angenehm sind.
Woher sie kam und wohin sie ging, blieb verborgen. Doch fiel auf, daß die Schale Sahne, die man ihr hin-

stellte, ebensowenig Anklang fand wie das Stückchen Leber, das Katharinas Mann auf ihr Geheiß besorgt hatte. »Sie muß es bei ihren Leuten gut haben und satt sein«, meinte die junge Frau, wenn die Katze auf ihren Schoß sprang, den Kopf an ihr rieb, die dargebotenen Delikatessen aber nicht annahm.

Um so mehr Interesse fanden die Malrequisiten und Übungsarbeiten auf dem Eßtisch, die eingehend besehen und beschnuppert wurden. War etwas nicht nach dem Geschmack der Inspektorin, zeigte sie durch vehementes Scharren, daß sie es am liebsten zugedeckt hätte. Manchmal überzeugte sie damit sogar die Schöpferin des angefangenen Bildes. Professor Grünspan störte diese Art der Intervention nicht, war er doch im stillen nach wie vor der Meinung, daß die künstlerischen Fähigkeiten seiner ambitionierten Schülerin nicht wesentlich zu verbessern seien.

Einmal ließ er sich sogar zu der Bemerkung verleiten, die Katze habe offenbar Kunstverständnis. Eine Ansicht, der der Ehemann widersprach, sah er doch alles, was seine Frau tat, mit den Augen der Liebe, und der fremden Katze maß er keine Bedeutung bei.

Er war es dann auch, der eine Seenlandschaft an sich nahm und die Katze verjagte, nachdem sie sich auf das noch feuchte Aquarell gelegt und sich dabei um sich selbst gedreht hatte. Die Malerin nahm den Vorfall nicht tragisch, und der Lehrer verabschiedete sich schmunzelnd. Beide ahnten nicht, wozu bewundernde Liebe fähig war. Herr Becker hatte nämlich beschlossen, heimlich ein paar Bilder seiner Frau, die er gut fand,

zum jährlichen Wettbewerb des Städtischen Kunstvereins zu schicken. Zufällig geriet das mißglückte Katzenbild dazwischen.
Es gewann in der Kategorie *Abstrakte Wasserfarben* unter der Bezeichnung »Unsignierte Komposition« den ersten Preis. Professor Grünspan hatte sich als einziges Mitglied der Jury für befangen erklärt und sich der Stimme enthalten. Weder er noch die Preisträgerin bekamen die Verantwortliche für die abgewandelte Seenlandschaft jemals wieder zu Gesicht.

Wie durch ein Wunder

Adolf Meier besaß neben seiner Papierfabrik eine Frau, eine Tochter, einen Sohn und einen Hund – und seit einigen Tagen eine Katze. Und das, obwohl er von Natur aus alles andere als ein Tierfreund war. Zum beschwänzten Besitzteil war er jedoch ohne eigenes Zutun gekommen. Er hatte ihn akzeptiert, weil er ihm schmeichelte.

Denn Herr Meier war auf Prestige bedacht. Der Afghane, den ihm seine Belegschaft zum 50. Geburtstag schenkte, gehörte zur allerersten Klasse und besaß einen generationenlangen Stammbaum. Sein Herr stammte dagegen aus einer Arbeiterfamilie und hätte viel darum gegeben, mit dem Hund konkurrieren zu können. Daß seine Mitarbeiter sein Lebenswerk respektlos »die Meierei« nannten, kränkte ihn sehr.

Auch mit der Katze hatte es eine eigene Bewandtnis. Sie war ihm eines Abends einfach nachgelaufen, als er seiner Figur zuliebe wieder einmal den Wagen in der Fabrik stehenließ und den Heimweg zu Fuß zurücklegte. Da sich das ausnehmend schöne Exemplar offensichtlich auf ihn fixierte und sich auch nicht zurückhalten ließ, als er ins Haus trat, erlaubte er ihm schließlich ihm zu folgen.

Bei Tisch begann er, die Zuneigung zu honorieren, war ihm in den letzten Jahren doch wenig Sympathie entgegengebracht worden. Die Familie wunderte sich zuerst, als er den Spaziergang des blütenweißen Wesens zwischen Schüsseln, Tellern und Gläsern ohne Getöse hinnahm. Immerhin hatte er sich kürzlich noch darüber aufgeregt, daß bei Geschäftsfreunden ein Haar vom Hausdackel auf dem Tischtuch lag.
Da er jedoch ein Mensch war, der seine Meinung jederzeit umkehren konnte und trotzdem recht behielt, nahm man die Katze auf dem Eßtisch als gewollt hin. Was um so leichter fiel, als sie sich mit erstaunlicher Anmut bewegte und nicht die geringste Spur hinterließ, bevor sie sich auf dem Schoß des Hausherrn niederlegte.
Sprößling Meier, der vor sich hin murmelte, er habe eigentlich bisher geglaubt, daß Katzen instinktsicher seien, kam ohne die in solchen Fällen obligatorische Ohrfeige davon. Derjenige, dem die Bemerkung galt, schob gerade geräuschvoll seinen Stuhl zurück, damit es die Okkupantin bequemer hatte, und konzentrierte sich darauf, daß sie dabei nicht abrutschte.
Da der Papierfabrikant auf Ordnung hielt und Wert darauf legte, sich selbst als korrekter Bürger zu verhalten, veranlaßte er gleichwohl eine Fundanzeige in der Zeitung und ließ fotokopierte Blätter an Bäumen der Umgebung anbringen. Edelkatzen liefen für gewöhnlich nicht frei herum wie ordinäre Typen. Sie mußte jemandem gehören, der sie vermißte.
Doch die Zeit verging, ohne daß sich der Besitzer meldete. Nur zwei obskure Burschen sprachen vor, aber die

Reaktion derer, die ihnen angeblich gehörte, war so extrem, daß sie sich schleunigst zuzurückzogen, ehe sie ihnen ins Gesicht sprang. Danach entschied der Chef, daß es sich bei der Katze ab sofort nicht mehr um eine Fundsache handele, sondern um einen rechtmäßigen Zugang.

Weil er damit aber zugleich offiziell die Verantwortung übernommen hatte, wurde die Tochter beauftragt, die kurzerhand »Clarissa« Getaufte zum Tierarzt zu bringen, damit sie untersucht und, falls nötig, geimpft wurde. Denn gutes Aussehen, so befand Herr Meier, garantiere noch lange nicht, daß man gesund sei. Eine Aufgabe, die Tochter Gabi gerne übernahm, konnte sie nach gerade bestandener Fahrprüfung doch zeigen, daß das Geld für den Führerschein nicht umsonst ausgegeben worden war.

Für die Fahrt nahm Meier junior auf dem Beifahrersitz Platz, Herr Graf, der Afghane, dahinter, und Clarissas gelochten Karton stellte man daneben. Die volle Ladung des Wägelchens hatte rationelle Gründe: Der für das Wohlergehen aller Verantwortliche hielt es für sinnvoll, den noch ausstehenden Wurmtest für Herrn Graf bei dieser Gelegenheit gleich mitzuerledigen.

Am folgenden Tag war im Lokalteil des Stadtanzeigers folgender Polizeibericht zu lesen:

Schwerer Verkehrsunfall
Im Vorort S. ereignete sich gestern nachmittag ein schwerer Verkehrsunfall. Ein Kleinwagen kam in einer Kurve ins Schleudern und geriet unter einen entgegenkommenden

Bus. Trotz des Totalschadens blieben die drei Insassen wie durch ein Wunder unverletzt. Es handelte sich um ein 18jähriges Mädchen und ihren jüngeren Bruder, die mit ihrem Hund vom Tierarzt kamen. Angeblich befand sich vorher noch ein weiteres Tier im Unglücksfahrzeug, das aber nicht gefunden wurde. Der Vater der Geschwister, ein bekannter Unternehmer, bestätigte übrigens diese Angabe seiner Kinder und setzte eine Belohnung für das Auffinden der weißen Katze aus.

Der Unfall schien Gabi und ihren Bruder so geschockt zu haben, daß sie sich an Einzelheiten ihres Veterinärbesuchs nicht mehr genau erinnerten. Herr Graf hatte wohl keinen Anlaß zu Beanstandungen gegeben. Bei der Untersuchung der Katze schien sich der Doktor ein bißchen sonderbar verhalten zu haben. Soweit Herr Meier erfahren konnte, hatte er mehrmals den Kopf geschüttelt und Unverständliches vor sich hin gebrummt. Auf jeden Fall wollte er diese Patientin noch einmal zu genaueren Tests sehen.
Nach ihrer Verabschiedung waren sie in der gleichen Sitzordnung zurückgefahren. Doch geriet der Karton unterwegs in solche Bewegung, daß die Fahrerin das Auto zur Seite lenkte, damit ihr Bruder nach hinten klettern und Clarissa beruhigen konnte. Scherzhaft schlug Gabi dabei noch vor, Herrn Graf anzugurten, was zum Vergnügen beider sogar gelang, obwohl sich seine Statur dafür nicht unbedingt eignete.
Beim Weiterfahren saß Junior hinter seiner Schwester zwischen dem etwas unglücklich im Sicherheitsgurt

hängenden Afghanen und dem zusammengefalteten Pappkarton. Die Unruhestifterin lag zufrieden auf seinen Beinen.
Den 50 Pfund schweren edlen Rüden mit einer Vorrichtung festzuhalten, die weder für ihn geschaffen noch an die er gewöhnt war, sollte sich indessen bald als keine glückliche Idee erweisen. Er begann herumzuzappeln, beschwerte sich lautstark und versetzte abwechselnd Junior und der anderen Person, von der er sich Abhilfe versprach, fordernde Schläge.
Schließlich gelang es ihm, sich so weit loszulösen, daß er mit beiden Vorderpfoten die Fahrerin traktieren konnte. Als diese sich umdrehte, um ihn zurechtzuweisen, verlor sie für einen Augenblick die Kontrolle und steuerte in der Kurve auf den entgegenkommenden Bus. Die Motorhaube des Zwergs schob sich unter die Front des Riesen. Der Motorblock wurde in den Fahrgastraum gedrückt, genau dorthin, wo Meier zwei bei Fahrtbeginn gesessen hatte. Das Dach hatte sich an dieser Stelle um Kopfhöhe gesenkt.
Die linke Hälfte des Wagens blieb einigermaßen intakt, und auch der Fond hatte seine Form bewahrt. Herr Graf war zwar durchgeschüttelt worden, der für ihn nicht angemessene Gurt hatte aber wundersamerweise verhindert, daß er nach vorn geschleudert wurde. Beide Türen der unbeschädigten Hälfte waren beim Zusammenprall aufgesprungen, so daß die Helfer keine Mühe hatten, Tier und Menschen herauszuziehen.
Keiner sah die Katze, von der hinterher die Rede war.

Die Amme

Dort, wo das Gehölz bizarrere Formen annahm, die Tannen schmächtiger wurden und die Felsen der Rocky Mountains kaum noch Moos zeigten, hatte das Rudel eine Herde Dickhornschafe gejagt. Den Wölfen war es gelungen, ein Tier von den anderen zu trennen und an einen Abgrund zu treiben, wo es, in Panik geraten, hinunterstürzte. Die junge Wölfin, deren erste Reifetage gekommen waren, hielt sich etwas abseits und wartete, bis ihr der Anführer, der stärkste von allen, ein Stück Fleisch überließ, bevor sich die in der Rangfolge Untergeordneten an die Reste des Bighorn herantrauten.

Als der Leitwolf danach seine Rechte bei dem Weibchen beanspruchen wollte, sah er sich einem Rivalen gegenüber, der unbemerkt aufgetaucht war. Er spürte sofort, daß er in dem Fremden, der nicht zu seiner Sippe gehörte, einen gefährlichen Widersacher gefunden hatte. Der Instinkt riet ihm, zurückzuweichen. Das Gesetz, nach dem er und seinesgleichen lebten, verbot es ihm. Bis jetzt war er unangefochten gewesen. Stellte er sich der Herausforderung nicht, würde er ans Ende der Rangordnung zurückfallen. Unterlag er im Kampf, blieb ihm in der Hierarchie immer noch ein Platz mit einigen Rechten. Darum griff er an. Die Regel war, daß derjenige, der die Überlegenheit des Gegners anerkannte und aufgab, von diesem geschont wurde. Hier irrte der alte Wolf jedoch. Sein Feind gehörte einer anderen Art an. Die Wildnis, in der er seit Jahren überlebte, nachdem er seinem Herrn davongelaufen war, hatte ihn verändert.

Aus dem angepaßten, sich duckenden Schäferhund mit geringer Beißlust war ein Einzelgänger geworden, dem es nur ums Überleben ging. Eine Kampfmaschine, die dem, der sich ihr entgegenstellte, keine Chance ließ. Zudem war er größer und kräftiger als der Wolf und gewohnt, schneller und aggressiver zu handeln als der andere, der sich nicht mehr täglich hatte behaupten müssen und deshalb behäbiger geworden war.

Bewegungslos, scheinbar achtlos, wartete er, bis der Rudelführer dicht vor ihm war. Im letzten Moment drehte er sich zur Seite, so daß der Angreifer ins Leere sprang. Noch während er sich herumwarf, schlug er die Zähne in den Hals des Wolfes. Dieser fiel zur Seite und signalisierte mit einem mehr gestöhnten als heulenden Laut seine Kapitulation. Dann zerbiß ihm der Sieger die Kehle.

Das Rudel hatte in einiger Entfernung den Kampf beobachtet, aber dem Gesetz folgend nicht eingegriffen. Jetzt kroch einer der älteren Wölfe heran, Ergebenheit ausdrückend und die Bereitschaft, ein neues Leittier anzuerkennen. Doch der Sieger wandte sich ab, stieß die Wölfin in die Flanke und verschwand im Gehölz. Das Weibchen, wegen dem allein er sich auf die Auseinan-

dersetzung eingelassen hatte, folgte ihm, ohne noch einmal zurückzusehen.
Als die Wölfin die beiden Jungen zur Welt brachte, war sie längst wieder allein. Der Vater war bald nach ihrer Vereinigung weitergezogen. Die Erinnerung führte ihn von Zeit zu Zeit in die Nähe derer, die er in seinen frühen Jahren fürchten und zugleich verachten gelernt hatte; bei denen er aber jene Art von Futter fand, an das er einst gewöhnt war und das er jetzt manchmal vermißte.
Die ersten Wochen der zwei Wolfshundwelpen verliefen ohne besondere Ereignisse in Geborgenheit. Die Fähe verließ nur gelegentlich die Höhle, in der sie sich eingerichtet hatte, ehe sie ihre Stunde kommen fühlte. Als die Kleinen zu sehen begannen und sich nach draußen wagten, achtete die Mutter darauf, daß sie sich nicht zu weit entfernten. Besonders den größeren der beiden mußte sie immer wieder zurücktragen.
Eines Tages hatte er seinen Erkundungsgang so sehr ausgedehnt, daß die Wölfin Mühe hatte, ihn aufzuspüren. Gerade hatte sie ihn am Nacken gepackt und wollte zum Lager laufen, als sich das Fangeisen um einen ihrer Vorderläufe schloß. Ihre verzweifelten Versuche, sich zu befreien, halfen nicht und vergrößerten noch den Schmerz. Das Junge versuchte zuerst verständnislos, die Mutter zum Weiterlaufen zu bewegen, es drückte sich an sie und wollte trinken, wurde jedoch von der fast Besinnungslosen weggestoßen und fing an, ebenfalls zu klagen.
Derjenige, der am Abend kam, um die Falle zu kontrollieren, brüstete sich später vor seinem Kumpan. Er habe

den Schädel seiner Beute so genau mit dem Gewehrkolben getroffen, daß ein einziger Schlag genügte und das Fell so gut wie unbeschädigt geblieben sei – zudem das Eisen die Pfote nur gequetscht, zum Glück aber nicht zermalmt habe. Das Junge, das dabeigestanden und ihn angejault habe, hätte er am liebsten mitgenommen und auf dem Markt von Grande Prairie verkauft. Junge Wölfe seien schließlich leicht zu zähmen und gäben gute Wächter ab. Dieser sei leider nicht kräftig genug gewesen und wahrscheinlich ohnehin eingegangen, ehe er ihn losgeworden wäre. Darum habe er ihn auf der Stelle in die ewigen Jagdgründe geschickt.
Der in der Höhle zurückgebliebene zweite Welpe hatte den Tag verschlafen. Von Natur aus vorsichtiger als sein neugieriger Bruder, begann er erst nach der Familie zu suchen, als es dämmerte und er Hunger verspürte. Zwischendurch trottete er immer wieder ins Lager zurück und dehnte seine Streifzüge allmählich aus, bis er endlich fand, was von den Gesuchten übriggeblieben war. Da er nichts begriff, wartete er an der Stelle, frierend, hungrig und wimmernd, bis ihn am anderen Morgen die weiße Katze fand.
Davon, daß in diesem Teil der kanadischen Wildnis, am Rande der Zivilisation außer ein paar Luchsen eigentlich keine Katzen vorkamen, wußte der kleine Wolf nichts. Wer nicht einmal fünf Wochen alt und verlassen ist, folgt einzig dem Naturtrieb, wenn er plötzlich wieder Leben um sich spürt. Die Katze brauchte nicht einmal ihre ganze Kraft aufzuwenden, um ihn von den blutigen Resten wegzuziehen.

Danach tapste er tollpatschig von selbst hinter ihr her. Mutter und Bruder hatte er bereits vergessen. Es hatte lange nicht mehr geschneit, und auch der Morgennebel hatte den Spuren des vergangenen Tages nichts anhaben können. So fand die Retterin ohne Umwege in die Höhle, wo sie sich hinlegte – so, daß das Junge ihre Zitzen erreichen konnte. Gierig begann es zu saugen.

Während der nächsten Wochen wachte die Katze sorgsam über den Findling, der sich prächtig entwickelte und bald ein gutes Stück größer war als seine Amme. Nur wenn er, ohne auf Gefahren zu achten, den Vorplatz der Höhle verlassen wollte, zeigte sich, daß sie immer noch stärker war als er. Wollte er einmal gar nicht hören, setzte es einen Hieb, der seine Wirkung zeigte, obwohl er nicht wirklich weh tat.

Noch mehr besänftigte sie seine angeborene Wildheit, wenn sie ihn mit ihren großen, mandelförmigen Augen ansah. Sein wütendes Fauchen brach dann ab, und er kroch zu ihr hin, um sich an sie zu schmiegen und sie liebevoll zu beißen. Nach einiger Zeit hatte sich zwischen ihnen ein stilles Verständnis entwickelt, und er folgte ihr, ohne daß sie sein Verhalten noch länger zu korrigieren brauchte. So kam der Tag, an dem sie ihn mit hinunter ins Tal nahm.

Der Rancher fand den Welpen, doch nicht die Katze, die nicht mehr zu sehen war, als der Mann aus der Tür trat. Er hob den Findling hoch, betrachtete ihn von allen Seiten und schien mit dem Befund zufrieden zu sein. Das Objekt der Inspektion verhielt sich ruhig. Auch wer noch klein ist, spürt den Rudelführer.

»Maria, komm her und sieh dir das an!« rief die Autorität. »Nimm ihn, du wolltest doch schon lange was zum Hätscheln. Sieht aus wie ein Bärchen, ist aber wahrscheinlich ein Wolf oder vielleicht ein Hund.«
»O Lord«, sagte die Frau, »was für ein süßer Kerl. Wenn du nicht gemeint hättest, es sei wohl ein Wolf, hätte ich ihn für einen *sheepdog* gehalten. Sie sehen sich so ähnlich, wenn sie jung sind.«
»Schäferhund und Wolf sind nicht allzu entfernte Verwandte«, antwortete der Mann. »Was der Kleine am Ende sein wird, liegt an uns. Einer, der Hühner reißt und unsere Mustangs angreift. Oder ein Mitglied der Familie. Wie ich dich kenne, hat er aber gute Chancen, dein Schoßhund zu werden, selbst wenn er fünfzig Pfund oder mehr wiegen wird.«
Die Frau drückte den Welpen an sich, so daß dieser augenblicklich den Drang verspürte, seinerseits Sympathie zu bekunden. Und so ließ er seinem Bedürfnis freien Lauf. Als selbst dieses kleine Mißgeschick keine übermäßig negative Reaktion hervorrief, zog sich die Katze, die die Entwicklung aus einiger Entfernung beobachtet hatte, endgültig zurück.

Armer Hund

Bauer Hensel gehörte zu den Menschen, die Hunde für eine brauchbare Sache hielten, die aber möglichst nichts kosten durfte. Ohne darüber nachzudenken, sprach er ihnen Klugheit, folgerichtiges Denken und die Fähigkeit, wie ein Mensch zu fühlen, ab.

Eine Kuh hatte zu kalben und Milch zu geben, eine Sau viele Ferkel zu werfen, ein Huhn Eier zu legen, die Katze Mäuse zu fangen und der Hund den Hof zu bewachen. Ihn von der Kette zu lassen und mit aufs Feld zu nehmen, hielt er für unnötig und sogar riskant.

Er hätte auf der Straße überfahren werden können und wäre dann als Helfer verloren. Riß er ein Reh, müßte sein Besitzer für den Schaden aufkommen. Am schmerzlichsten wäre es, wenn er jemanden anfallen würde. Man konnte schließlich nicht wissen, was ihm in den Sinn kam. Hunde, die Tag und Nacht an der Kette liegen, neigen zum Beißen, hatte der Tierarzt gewarnt, der ihn sah, wenn er zum Besamen einer Kuh in den Stall ging.

Selbstverständlich war der Hund nicht versichert. Bauer Hensel hatte feste Vorstellungen davon, was sich lohnte und wo man sparen konnte. Und Versicherungen kassierten sowieso nur, ohne zu zahlen, wenn man etwas von ihnen haben wollte.

Er hatte Senta seinerzeit gegen einen Sack Kartoffeln eingetauscht, als sie ein Jahr alt war. Seitdem hatte sie ein einziges Mal den Platz vor ihrer von Beginn an brüchigen Hütte verlassen dürfen. Als der Marder in den Hühnerstall eingedrungen war und sich dort festgesetzt hatte, ließ der Bauer seinen Hund frei und hetzte ihn auf das Raubtier, dessen er allein nicht habhaft werden konnte. Senta stellte den Eindringling hinter einem Haufen Gerümpel, machte ihm den Garaus und wurde wieder angekettet. Wenigstens befanden sich unter dem nächsten Futter ein paar Fleischstücke.
Die Monate vergingen, und ihr Glück wiederholte sich nicht. Ihre Lage verschlimmerte sich im Gegenteil. Nicht weit genug von ihrem Liegeplatz entfernt befand sich der Misthaufen. Der Saft, der aus den noch dampfenden Fladen tropfte und in der heißen Sonne zu gären begann, sammelte sich dort, wo sich das Hofpflaster gesenkt hatte.
Mit der Zeit erreichte die Lache die Hütte. Hatte die Hündin anfangs noch versucht, der ihr entgegenrinnenden Flut auszuweichen, so blieb ihr dazu am Ende nicht mehr genug Raum. Irgendwann gewöhnte sie sich an das verklebte und verkrustete Fell, die Schwären und die Insekten, die sich an ihr vollsogen.
Die Bewohner der kleinen Ortschaft übersahen Sentas Zustand mehr oder weniger geflissentlich. Auf dem Lande, wo man sich kennt und gelegentlich braucht, legt man sich nicht wegen eines Hundes mit dem Nachbarn an. Der Tierarzt hatte angeboten, nach der Hündin zu sehen, was von seinem Besitzer jedoch zurückge-

wiesen worden war. Der Veterinär zögerte, entschloß sich dann aber, mit dem nächsten Gendarmerieposten zu reden. Ein Polizist ging der Sache nach und sprach mit Bauer Hensel. Dieser sagte zu, den Platz neben dem Misthaufen aufzufüllen, und der Beamte verabschiedete sich zufrieden. Weiter geschah nichts.

Es war schon dunkel. Senta hatte sich verkrochen. Die undichte Dachpappe ihrer Behausung hatte den Regen vom Nachmittag durchgelassen. Sie hatte den alten Sack, der ihr sonst als Unterlage diente und naß geworden war, in eine Ecke gescharrt und sich in eine andere, einigermaßen trockene gekauert. Die Katze, die in ihrer Nähe saß, nahm sie erst nach einer Weile wahr. Besuche war sie nicht gewohnt. Nur zögernd rutschte sie ins Freie.

Die Hunde des Dorfes, die früher noch gelegentlich vorbeikamen, waren längst fortgeblieben. Mit einer, die immer angebunden war und sie nur anknurrte, konnten sie nichts anfangen. Schließlich mieden sie sie, weil sie nach Krankheit roch. Das Katzenvolk der Gegend verspürte von vornherein keine Lust, sich mit der Artfremden einzulassen, und blieb unter sich.

Diese Katze aber verhielt sich abwartend, als sich das viel größere Tier aufrichtete und die Zähne zeigte. Sie lief auch nicht weg, als es gefährlich nahe kam. Die Kette war lang genug, um es dem Zerberus des Hofes zu ermöglichen, sie zu fassen. Doch da änderte Senta ihr Verhalten. Ihr Groll verwandelte sich in leises Winseln. Sie drehte sich um und schlich zurück.

Bauer Hensel glaubte, bei seinem abendlichen Kontrollgang dort, wo die Hütte stand, einen hellen Schein gesehen zu haben. Mißtrauisch griff er eine Heugabel und schlich zu der verdächtigen Stelle. Der Misthaufen bot ihm Deckung. Jedoch blieb es dahinter lichtlos und still. Der Hund meldete sich nicht. In seinem Ärger über die ausbleibende Reaktion achtete sein Herr nicht darauf, wo er lief, tappte mit seinen Pantoffeln in eine Jauchepfütze, trat gegen die morsche Wand von Sentas Bude und verfluchte das »faule Luder«, das schlief, obwohl es den Hof bewachen sollte.
Bei seiner unbedachten Aktion verstauchte er sich einen Zeh, und beim Herausziehen aus den geborstenen Brettern bohrte sich ein scharfer Span in seinen Fuß. Die Bewohnerin der Ruine sah und hörte von alledem nichts. Als sie dem fremden Gast gegenübergestanden hatte, war eine bis dahin nicht gekannte Ruhe über sie gekommen. Jetzt schlief sie so tief und friedlich wie nur in den ersten Tagen ihres Lebens, nachdem sie sich an ihrer Mutter sattgetrunken hatte.
Es blieb nicht bei dem einen Besuch der Katze. Dazwischen sprach sie aber auch mit dem fremden Mann oben auf dem Berg, der die Vögel und Tiere verstand. Zur Verwunderung derer, die zu ihm hochwanderten, ihn um Rat baten und in ihrer Einfachheit daran glaubten, daß er Stimmen vernahm, die sonst kein Mensch hörte. Als der fromme Eremit sich von der Katze zum Bauern führen ließ, war der gerade aus dem Krankenhaus heimgekommen, wo man seine Blutvergiftung behandelt und mit Glück den infizierten Fuß gerettet hatte.

Auf dem Hof blieb der Mann, der die Tiere verstand, lange vor Sentas Hütte stehen. Auf seinen Stab gestützt, die Katze an seiner Seite, redete er mit der Hündin, die erwartungsvoll zu ihm aufblickte. Als er sich niederbeugte und in die Hütte sah, legte sie ihre Schnauze auf seine Schulter. Er wandte sich ihr noch einmal zu und strich ihr sanft über den Kopf, bevor er hinüber zum Wohnhaus schritt.

Die Bäuerin öffnete die Tür, erkannte ihn und führte ihn in die gute Stube. Die Katze hielt sich an seiner Seite, obwohl sich die Frau bemühte, sie hinauszudrängen.

Er sei gekommen, um ihnen die Hündin abzunehmen, die elend und keine Hilfe mehr sei, sagte der Besucher. Der Bauer werde sich gewiß einen neuen Hund anschaffen, der – gesund und kräftig – seiner Aufgabe besser gewachsen sei.

Das stimme schon, gestand der Hausherr. Mit Senta sei in letzter Zeit nicht mehr viel los. Wieviel er denn für sie zu zahlen gedächte? Dreihundert sei sie jedenfalls noch wert! Der Interessent sah nachdenklich die Katze zu seinen Füßen an, die sich gemeldet hatte, und wandte sich erneut an Hensel. Lächelnd wies er darauf hin, daß das Tier in seinem derzeitigen Zustand das Jahr wohl kaum überleben werde und daß seine Pflege allein schon mehrere hundert Mark kosten dürfte. Er biete ihm für Senta mehr als Geld, nämlich Gottes Segen.

Der Bauer schüttelte den Kopf. So werde nichts aus dem Geschäft. Er sei allerdings bereit, den Preis auf zweihundert zu senken, um seinen guten Willen zu zeigen

und aus Mitgefühl für den armen Hund. Das Miau der Katze klang ungewöhnlich schrill. Ihr Begleiter schmunzelte. Mit dem allerfreundlichsten Gesicht bemerkte er, daß die Hündin mittlerweile wahrscheinlich ein Hygienerisiko darstelle. Das habe Hensel ja bereits am eigenen Leib erfahren. Möglicherweise sei auch das Nutzvieh davon betroffen. Wenn die zuständige Gesundheitsbehörde auf die eine oder andere Weise Kenntnis davon erhalte, seien die Folgen nicht auszudenken. Eine Quarantäne sei nicht gänzlich auszuschließen – mit dem damit verbundenen Bekanntwerden des Falles in der Presse und einem finanziellen Verlust, der wesentlich höher ausfallen könnte als zweihundert Mark. Es war ein Plädoyer, das so gar nicht dem sanften Wesen des frommen Mannes entsprach – und das gerade deshalb die gewollte Wirkung hatte.
Zuerst begann die Flanke der Gegenpartei aufzuweichen. »Was liegt uns schon an dem Köter. Sei froh, wenn du ihn rechtzeitig los wirst«, sagte die Frau. »Im Tierheim hast du die freie Auswahl!«
Sentas Anwalt erkannte die Chance, wenngleich Bauer Hensel wahrscheinlich vergeblich dort vorsprechen würde, wo er »die freie Auswahl« erwartete. Denn schon jetzt stand fest, daß die Leute im Asyl rechtzeitig vor ihm gewarnt werden würden. Gleichwohl erleichterte er ihm die Entscheidung.
»Sie tun ein gutes Werk, und dazu lasse ich die Katze hier. Sie sehen ja selbst, daß sie etwas Besonderes ist – ein guter Mäusefänger obendrein, und das Futter besorgt sie sich selbst.«

Die Katze machte keinen Versuch, mitzukommen, als der fromme Mann Senta losband und sie ihm in ein besseres Leben folgte. Bauer Hensel hatte die gelobte Zugabe vorsorglich in die Scheune gesperrt, wo sich auch ihr älterer Artgenosse gewöhnlich herumtrieb. Tor und Fenster blieben geschlossen. Sie sollte sich an die neue Umgebung gewöhnen, ehe er ihr Bewegungsfreiheit gab.

Die Katze hatte die Entscheidung des Eremiten hingenommen, ohne zu murren. Ein Uneingeweihter hätte sich vielleicht gewundert, daß man ein so hübsches Tier ohne weiteres Menschen überließ, die nicht gerade fürsorglich mit ihren Pfleglingen umgingen. Andererseits handelte es sich um einen Vorgang, wie er täglich überall vorkam: Katzen verschenkte oder -kaufte man, sie liefen einem zu, blieben oder auch nicht. Man liebte sie oder verjagte sie. Eine Katze war und blieb für viele ein Gegenstand, eine Sache, über die man als vermeintlich höhergestelltes Lebewesen nach Gutdünken entscheiden konnte.

Daß der Einsiedler es besser wußte und trotzdem die Katze als Trumpf einsetzte, hatte mit seinem Wissen um sie zu tun – und damit, daß er sie verstand. Sie hatte ihm den Weg zu dem armen Hund gewiesen und war in der Verhandlung so etwas wie sein guter Geist. So machte er sich keine Sorgen um ihr weiteres Geschick. Sah er doch voraus, daß der Bauer und seine Frau am nächsten Tag vergeblich nach ihr suchen würden.

Die Heilung

Sie lebten in der Hauptstadt des kleinen Landes – im Schoß einer Glaubensgemeinschaft, die in den unsicheren Zeiten großen Zulauf hatte. Ihre Kritik galt der modernen Technik, die sie nur dort in Anspruch nahmen, wo eine Alternative nicht existierte oder zu teuer kam. Sie vertrauten den Kräften der Natur und beklagten, daß der Mensch sie immer mehr schwächte.
Grundsätzlich aßen sie nichts, was Augen gehabt hatte, und bezogen ihre Nahrung vom Bauern, der sein Gemüse nicht mit Chemikalien vermehrte, die Hühner nicht in engen Käfigen mit präpariertem Futter zum Eierlegen anregte und seinen Milchkühen Klee und getrocknetes Gras von ungedüngten Wiesen vorlegte.
Sie waren einfache, ehrsame Leute, die sich in ihrem Glauben sicher fühlten und nicht darüber nachdachten, ob sie trotz ihrer guten Absichten nicht vielleicht einiges falsch machten. Die Mutter hielt nichts von überheizten Zimmern, und so blieb das Feuer in den Kohleöfen niedrig und die Temperatur in der Wohnung meistens unter 20 Grad. Dafür kam viel Grünes auf den Tisch, das für gesunde Kost stand.
Leider stand es zuvor lange auf dem Herd, damit es schön weich wurde. Die abgeschüttete Brühe galt als

willkommenes Nebenprodukt und wurde bei vielen Gelegenheiten als natürliches Getränk serviert. Daß wertvolle Stoffe durch das intensive Garen verlorengingen, kam der Frau nicht in den Sinn, hatten sie doch in ihrem Elternhaus das Essen auf die gleiche Weise zubereitet. Vitamine und Mineralien, wie sie in der Zeitung und im Fernsehen zur Ergänzung einseitiger Kost angeboten wurden, hielt sie für teures Teufelszeug, warnten ja selbst die Hersteller »vor Risiken und Nebenwirkungen«.

Ein Grundsatz der Sekte, der die Familie folgte, bestand in der strikten Ablehnung jeder ärztlichen Hilfe. Man verließ sich auf die selbstheilenden Kräfte und den Willen göttlicher Macht. Es war eine Einstellung, die der Frau und Mutter um so leichter fiel nach dem, was sie vor Jahren am eigenen Leib erfahren hatte. Damals hatte man ihr den Blinddarm herausgenommen, der angeblich entzündet war. Die durch Kolibakterien aus einem durchgebrochenen Divertikel entstandene Bauchfellentzündung hätte sie beinahe das Leben gekostet. Ihre Rettung sei Gottes Wille gewesen, meinte der Krankenhauspfarrer, der ihr vorher bereits vorsorglich die Beichte abgenommen hatte.

Zacharias, ihr Bub, war für seine sechs Jahre eigentlich zu schmächtig. Wahrscheinlich fehlten ihm Aufbaustoffe. Seine häufigen Erkältungen schrieben die Eltern seiner Zartheit und dem feuchtkalten Klima zu, für das die Region bekannt war. Um ihn abzuhärten, schickten sie ihn zum Spielen auf den Hof und anschließend unter die kalte Dusche, wenn er fröstelnd nach Hause kam.

Das kalte Wasser haßte er, hinterm Haus war er gerne. Es gab dort einen Sandkasten, in dem er Burgen und Tunnel baute.
Außerdem leistete ihm neuerdings eine Katze Gesellschaft. Die Erwachsenen versuchten zwar, sie zu vertreiben, weil sie fürchteten, sie könnte ihre Exkremente unter den Sand mischen und die Kinder damit infizieren. Doch Zacharias lockte sie hinterher jedesmal wieder herbei. In ihrer Nähe fühlte er sich warm und geborgen.

Seit Tagen lief das ansonsten blasse Kerlchen mit roten Backen einher. Seine neue Freundin, die er sonst mit Vorliebe herumschleppte, kam ihm jetzt so schwer vor, daß er sie gleich wieder auf die Erde setzte, wenn er sie hochgehoben hatte. Nach einem Hustenanfall, bei dem die Mutter Blut im Auswurf fand, packte sie ihn ins Bett, rieb ihn mit Öl ein und gab ihm heißen Kräutertee zu trinken. Als das Thermometer 39 Grad anzeigte, machte sie ihm kalte Wadenwickel. Der Vater setzte sich zu ihm, las ihm Geschichten vor und versicherte ihm, daß bald alles wieder gut werde.
Doch bewirkten die frommen Wünsche und Gebete der Eltern keine Besserung. Zacharias' Zustand verschlechterte sich weiter. Dem medizinischen Ratgeber fürs Haus entnahmen die beiden, daß es sich um eine gemeine Lungenentzündung handeln konnte. Das verunsicherte sie so, daß sie um ein Haar bereit gewesen wären, einen ihrer Glaubenssätze zu übertreten und dem Buben zwei Fiebertabletten zu geben. Ein Bruder

der Gemeinschaft, den sie um Rat fragten, hielt sie jedoch davon ab, da sie es hinterher wahrscheinlich bereuen würden. Der Körper könne sich auch von einer solch schweren Krankheit selbst befreien, wenn man ihm nur genügend Zeit dafür lasse.

Fest blieben Frau und Mann bei ihrer Überzeugung, daß frische Luft unter allen Umständen gesund sei. Zu ihrem Wesen gehörte im übrigen das Vertrauen darauf, daß niemand die Situation ausnutzen und durchs offene Fenster in die auf Straßenebene liegende Wohnung einsteigen würde. Eine Annahme, die wiederum falsch war, wie sich herausstellen sollte – wenn auch zum Glück für den Buben.

In der sechsten Nacht schwang sich eine geschmeidige Gestalt aufs Fenstersims, verharrte einen Moment und sprang dann ins Zimmer, in dem es plötzlich nicht mehr ganz dunkel zu sein schien. Der Schimmer erlosch erst, nachdem die Katze auf dem Bett gelandet und unter die Decke geschlüpft war, wo sie sich auf die Brust des Kranken legte. Der Vater, der in der Frühe als erster nach seinem Jungen sah, fand ihn friedlich schlafend und zog sich auf Zehenspitzen zurück. Die Katze hatte er überhaupt nicht bemerkt. Sie verließ ihren Platz erst kurz danach.

In den folgenden Nächten kam sie wieder und blieb stets bis zum Morgen, ohne daß man sie entdeckte. Einmal spürte der Bub die Berührung, legte im Halbschlaf beide Hände auf ihr weiches Fell und schlief beruhigt weiter. Sein Atem ging gleichmäßiger, sein Röcheln hatte den brodelnden Klang verloren. Die Mutter, der er – zögernd und selbst noch zweifelnd – von dem nächtlichen Besuch erzählte, erklärte ihm, er habe bloß geträumt. Dann stellten sie fest, daß das Fieber gesunken war, und der Vater meinte lachend, dafür habe bestimmt die imaginäre Traumkatze gesorgt. Es heiße ja, daß Katzenfelle eine heilende Wirkung hätten, wenngleich gewöhnlich nur bei Rheuma und Ischias. Zacharias aber glaubte immer stärker daran, daß er sich alles nicht nur eingebildet hatte.

Am Abend gab er sich große Mühe, nicht einzuschlafen. Als seine Katze erschien, fühlte er, als erlebte er sein ganz eigenes Weihnachten. Irgendwann schlief er ein und träumte, daß sein Schutzengel erschienen war. Als er ihn fragte, warum er wie eine Katze ausschaue, verwandelte er sich in ein Mädchen mit Silberhaar und weiten weißen Flügeln und trug ihn davon.

Doch diesen Traum behielt er lieber für sich. Die Erwachsenen hätten ihm sowieso nicht geglaubt und ihn höchstens ausgelacht. Denn er hatte kein Fieber und darum keine Entschuldigung mehr.

Die Katze und der Clochard

Menschen, die einen vierbeinigen Wächter wollen, entscheiden sich für einen Hund. Man sagt, daß sogar Gänse und Schwäne besser geeignet seien, ihr Territorium zu beschützen, als Katzen. In Märchen- und Abenteuerbüchern ist von Pferden die Rede, die ihrem Besitzer mit Zähnen und Hufen zu Hilfe eilen.
In einigen Gegenden Afrikas hielten sich früher Farmer Riesenschlangen zum Schutz vor Raubtieren, zwei- und mehrfüßigem Ungeziefer. Aus den Anden wurde von einem Kondor berichtet, den Bauern großgezogen hatten. Er richtete ein paar Fremde, von denen er annahm, sie näherten sich seinen Pflegeeltern in unfreundlicher Absicht, übel zu.
An eine Katze als Beschützerin denkt seit dem alten Ägypten so gut wie keiner mehr. Selbst von einem unbestrittenen und in gewissen Lagen besonders aggressiven Kater wird kaum erwartet, daß er sich einem Einbrecher entgegenstellt. Trotzdem gibt es mehr Ausnahmen von dieser scheinbaren Regel, als manch einer glaubt.
Eine Dogge mag durchaus das Gemüt eines verspielten Kindes haben, ein Bullterrier den nächtlichen Eindringling schwänzelnd begrüßen, der Gänserich faul in der Sonne dösen, wenn ein Mitglied seiner Schar gestohlen

wird. Die Boa mag sich nicht zähmen lassen, der Raubvogel sich nicht mit den Artfremden identifizieren, denen er sein Leben verdankt. Und das zarte Kätzchen sich zu einem Freund und Kameraden entwickeln, der für seine Familie durch dick und dünn geht.

Katzen können mehr sein als an der Mäusejagd interessierte Solisten, und im Vergleich zu Waldi, Fido und Bella preiswerte Kostgänger. Katzen können dankbar sein, denn sie haben für Wohltaten ein besseres Gedächtnis, als man ihnen zutraut. Auch wenn sie es nicht täglich demonstrieren wie die pfotenreichende, an Herrchen und Frauchen hochspringende Konkurrenz.

Wobei das Aussehen so wenig über Charakter und Fähigkeiten aussagt, daß man sich immer wieder in ihnen täuscht. Kann doch ein putziger, wie ein Waschbär aussehender kanadischer Maine Coon ebenso ein Kämpfer sein wie die unscheinbare Siamesin, in der engelgleichen weißen Perserin ein Teufel stecken und der furchterweckende, zehnpfündige schwarze Manx-Kater das Temperament einer Schildkröte haben.

Jean hatte eine Katze als Freund, und eigentlich wußte er nicht, wieso. Die Katzen, die ihm von Zeit zu Zeit unter »seiner« Brücke begegneten, waren anders. Sie hielten sich zwar gut und putzten sich stundenlang, besonders wenn sie bei der Futtersuche auf Fundstellen wie Komposthalden und überfüllte Mülltonnen gestoßen waren.

Die Neue jedoch, das spürte Jean vom ersten Augenblick an, konnte keine von denen sein, die es an die Seine trieb, um von einem der dort campierenden Clochards ein Stück Brot oder eine Wursthaut zu ergattern. Die hungrigen Exemplare, mit denen er es gewöhnlich zu tun hatte, schienen hauptsächlich aus Rippen zu bestehen, die unterm dünnen Fell hervortraten. Ihre Augen wanderten ständig unruhig umher, und beim geringsten ungewöhnlichen Geräusch hasteten sie davon.

»Die Weiße«, wie er seine Katze nannte, besaß ein Fell wie Seide. Sie war wohlgenährt, ohne dick zu sein. Sie erschien am Ort wie die Person auf einem Porträt, die zum Leben erwacht war und die ihr längst vertraute Szene betrat.

Die Anhänglichkeit von Jeans hübscher Begleiterin fiel natürlich den anderen unter der Brücke auf. Es dauerte nicht lange, bis die ersten Bemerkungen fielen: Jean war ja schon immer etwas Besonderes. – Gleich und gleich gesellt sich gern. – Sprichst du überhaupt noch mit uns, nachdem du so feine Gesellschaft gefunden hast? – Jetzt mußt du aber schleunigst deine Matte umtauschen gegen einen echten Perser, die Dame kann doch nicht auf einem alten Lappen liegen!

Einer, mit dem er sich sowieso nicht vertrug, schlug vor, sie auf dem Flohmarkt anzubieten. »So viel, wie drei Flaschen Pernod kosten, bringt sie bestimmt!« Diejenige, um die es ging, hörte das meiste. Denn sie genierten sich nicht vor ihr, weil Katzen ja angeblich kein Französisch verstanden. Auch daß Jean sich für seine Kumpane entschuldigte, schien sie nicht zu berühren.

Nachts wurde es jetzt bereits empfindlich kalt. Jean zog seinen Mantel aus und deckte sich und die Katze damit zu. Er hatte aufgehört, darüber nachzudenken, warum sie nicht dorthin zurücklief, woher sie gekommen war. Mit ein paar zusätzlichen Lumpen und Zeitungen versuchte er, für sie beide ein bißchen mehr Komfort zu schaffen. Die beste Wärmequelle war allerdings die, die er zu schützen suchte. Sie legte sich entweder gegen seinen Rücken oder rollte sich vor seinem Bauch zusammen, wenn er die Beine anzog, weil der Mantel nicht lang genug war.

Er hatte lange nicht mehr so gut geschlafen. Eine wundersame Ruhe hatte ihn ergriffen. Doch wurde dieses Gefühl der Sicherheit jäh unterbrochen, als ihn gegen Morgen der gellende Schrei vom anderen Ende des Brückentunnels aufschreckte.

Noch ehe er bemerkte, daß jemand die neben ihm abgestellte Tasche mit seinen Habseligkeiten ergriffen und damit das Weite gesucht hatte, brachte sie ein Kumpel zurück. »Die Weiße« an seiner Seite trug den Waschbeutel, der aus der Tasche gefallen war, als sie der Dieb fallen ließ. Sie hatte das Etui dem Helfer nicht übergeben – als hätte sie gewußt, daß sich Jeans letztes Geld darin befand.

Die Geschichte von der Katze, die zur Löwin geworden war, als es galt, einem Strolch die Beute abzujagen, machte am Morgen die Runde. Am Ende wußte dann keiner so richtig, wo die Wahrheit aufhörte und die Legende begann. Soviel schien sicher: Die Katze mußte wach geworden sein, obwohl der Fremde mit leisen Sohlen an ihr Lager trat, die Tasche an sich nahm und sich davonstahl.

Da sie ihm auf mindestens ebenso lautlosen Pfoten folgte, hatte er sie wahrscheinlich erst in dem Moment bemerkt, als sie auf seinen Rücken sprang und ihre Krallen seinen Hals aufrissen. Der Versuch, sie abzuschütteln, gelang wohl erst, nachdem er seine Beute fallen ließ und nach dem unsichtbaren Angreifer faßte. Dabei mußte sie ihm mit den Zähnen noch einen letzten Denkzettel versetzt haben. Jeans Kameraden fanden die Blutspuren auf dem Asphalt.

Jedes Jahr im Advent veranstalteten Tierfreunde in der Stadt eine Katzen- und Hundeschau. Die Sieger wurden prämiert, ihr Bild kam in die Zeitung. Einer der Clochards las die Ankündigung und erzählte es den anderen. Gemeinsam überredeten sie Jean, mit seiner »Weißen« daran teilzunehmen.

Er räumte den Kinderwagen, in dem er sonst seine Siebensachen und auch die wiedergefundene Tasche transportierte, und gab seine Habe in zuverlässige Hände. Dann machte er sich auf den Weg, nachdem er den Mantel gebürstet, die Schuhe geputzt, ein halbwegs sauberes Hemd gefunden und sich eine Krawatte geliehen hatte, von der er dachte, daß sie dazu paßte.

Der für die Präsentation Vorgesehenen hatte man eine hellblaue Schleife mit einem Glöckchen umgebunden. Sie sah damit aus wie eines der Plüschtiere, die um diese Zeit überall zur festlichen Dekoration in den Schaufenstern herumstanden. Zumal sie fast regungslos in dem klapprigen Gefährt auf einem ebenfalls geborgten Kissen saß und auch auf die Bewunderung einiger Passanten nicht reagierte.

Vor dem Saal, in dem die Schau stattfinden sollte, wurden sie aufgehalten. Vielleicht hätten sie ohne den klapprigen Kinderwagen passieren können. Durch ihn aufmerksam geworden, kam der Portier jedoch zu dem Ergebnis, daß das Gespann, das Einlaß begehrte, nicht ganz dem Niveau der Gesellschaft entsprach.
Ein Herr, der den Zwischenfall beobachtete und hinzutrat, sorgte indessen dafür, daß das ungleiche Paar eintreten konnte – ohne die desavouierende Chaise. Der Herr gehörte zur Jury und war gewohnt, sich von Äußerlichkeiten, die auf den ersten Blick ins Auge fielen, nicht täuschen zu lassen. Er sollte recht behalten.
Zunächst geriet Jean an dem Tisch, an dem sich die Teilnehmer registrieren lassen mußten, erneut in Schwierigkeiten. Er war nicht darauf vorbereitet, Name, Alter, Herkunft, Adresse und Telefonnummer der Bewerberin anzugeben. Wieder kam ihm der freundliche Herr zu Hilfe.
»Sie sieht wie ein Engel aus. Heißt sie nicht Angelique?«
Jean nickte erleichtert. Sein Anwalt fühlte mit den Fingern die feine Haarstruktur und die plüschige Unterwolle.
»Ihr Alter kann ich nicht exakt nennen. Irgendwie scheint sie alt und gleichfalls jung zu sein. Sie haben sie noch nicht lange?«
Jean bestätigte das ein bißchen verlegen, denn er wollte nicht zugeben, daß sie ihm zugelaufen war. Dafür überließ er dem offensichtlichen Kenner auch die Beantwortung der übrigen Fragen.

»Man sieht, daß es sich um eine *British Shorthair* handelt«, fuhr dieser fort, »vielleicht eine Mischung der weißen mit der Chinchilla-Art. Läßt sich ebenfalls nur schwer bestimmen, weil es über hundert Sorten gibt.«
Auch das Problem der Adresse löste der liebenswürdige Herr, der gewiß nicht nur etwas von Katzen, sondern auch von Menschen verstand. Angelique wohnte demnach »Unter den Brücken 1« und war telefonisch nicht zu erreichen.
Ähnliches konnte man am übernächsten Tag im »Soir« lesen. In dem Bericht hieß es unter anderem, daß eine weiße Kurzhaarkatze, vermutlich aus englischer Zucht, alle Mitbewerber mit langem Stammbaum und unbestrittener Klasse durch ihre vollendete Schönheit aus dem Feld geschlagen habe. Eigentümlicherweise stand der Zeitung kein Bild von der Siegerin zur Verfügung. Als der Fotoreporter den Film von ihr im Labor entwickelte, war die Stelle, an der sie gethront hatte, leer.
Auch der Versuch, die Katze nachträglich an der angegebenen Adresse aufzunehmen, blieb erfolglos. »Unter den Brücken 1« gab es nämlich gar nicht. Und selbst wenn es gelungen wäre, den Ort zu finden, hätte der Zeitungsmann höchstens eine Gruppe von Obdachlosen fotografieren können, die mit dem Inhalt des ersten Preises, einem riesigen Präsentkorb, vorzeitig Weihnachten feierten und den guten Geist, der ihnen zu der Bescherung verholfen hatte, hochleben ließ.

Blinder Passagier

Der Pilot steuerte die Maschine auf 20 000 Fuß, hieß die Passagiere des in der Touristenklasse fast vollbesetzten Linienflugs willkommen, nannte die Flugzeit, versprach passables Wetter und empfahl, die Sitzgurte trotzdem angeschnallt zu lassen, da es über dem Atlantik gelegentlich doch zu Turbulenzen kommen konnte.

Rosalie Miller saß im mittleren Teil der Kabine in der ersten Reihe, direkt hinter der Zwischenwand. So konnte sie zwar den Film nicht so gut sehen, der unterwegs gezeigt werden würde, weil die Leinwand unmittelbar vor ihr herabgezogen wurde. Dafür hatte ihre Tochter aber etwas mehr Raum zum Spielen, ohne die Mitreisenden zu stören. Außerdem gab es neben ihnen noch einen freien Sitz, so daß die Kleine sich bequem zum Schlafen hinlegen konnte, wenn sie müde geworden war.

Auf Platz F saß ein älterer Herr, den man dort wohl aus Versehen hingesetzt hatte. Eigentlich achtete die Gesellschaft darauf, daß keine alleinreisenden männlichen Passagiere in die »Mutter-und-Kind-Reihe« gerieten. Rechts neben ihm an der Ecke zum Gang wiegte eine sehr junge Frau ihr winziges Baby. Die Stewardeß warf einen kurzen Blick auf sie und wandte sich dann der Mutter mit dem Mädchen zu.

Die Kleine war vom Boden hochgeklettert und versteckte den Kopf im Schoß ihrer Mami. Durch das Wimmern aufmerksam geworden, fragte die Flugbegleiterin Mrs. Miller, ob etwas nicht in Ordnung sei. Diese lächelte ein wenig befangen: »Oh, es ist nichts. Sie ist gesund. Ich war vor der Reise mit ihr beim Doktor, denn wir wollen für eine Weile in Amerika bleiben, und da ist es gut, sich erst zu vergewissern. Nein, es ist alles in Ordnung. Sie fliegt halt mit ihren drei Jahren das erste Mal, und wenn sie etwas nicht gewohnt ist, hat sie immer ein wenig Angst.«

»Kinder beruhigen sich schnell, gewöhnlich kriegen sie später gar nicht genug vom Fliegen!« sagte die Stewardeß und holte ein handgroßes Schokoladenflugzeug. Das Kind griff danach, ließ es fallen und fing an, lauter zu weinen. Die sehr junge Mutter am anderen Ende beugte sich vor und sah anteilnehmend herüber. Der ältere Herr fragte demonstrativ, ob vielleicht weiter hinten noch etwas frei sei, und murmelte auf die bedauernd ablehnende Antwort hin etwas von Ruhestörung.

Weil das Kind nicht aufhörte zu schreien und sich bald darauf wie in Krämpfen zu schütteln begann, kam eine zweite Stewardeß hinzu, und schließlich fragte man über den Bordlautsprecher nach einem Arzt. Der meldete sich und versuchte durch Handauflegen, die Kleine zu besänftigen. Entschuldigend verwies er auf seine

mangelnde Kompetenz: Er sei leider nur Chirurg und dazu kinderlos, habe also wenig Erfahrung. Es könne sich um eine Phobie handeln, und da sei eine Beruhigungsspritze angebracht. Die stehe ihm aber leider auch nicht zur Verfügung. Die strampelnde Patientin tätschelnd, schlug er am Ende vor, sie auf dem Gang hin und her zu tragen und dabei beschwichtigend auf sie einzureden.
Die sich dramatisch entwickelnde Lage hatte das allgemeine Programm inzwischen derart beeinflußt, daß das warme Essen nicht serviert wurde und an die geplante Filmvorführung erst gar nicht zu denken war. Die verzweifelte Mrs. Miller war ebenfalls weinend auf ihren Platz gesunken, nachdem sie vergebens eine Notlandung verlangt und man ihr versichert hatte, daß man erst in etwa sechs Stunden wieder festen Boden unter den Füßen haben werde.
In dieser Situation fiel die weiße Katze zunächst nicht auf. Erst als sie sich mit lauter Stimme in der Nähe des Kindes bemerkbar machte und eine Flugbegleiterin vor Überraschung ein Glas umkippte, wurden Besatzung und Passagiere aufmerksam. Katzen waren bei dieser Gesellschaft im Fluggastraum unerwünscht. Doch keiner der Reisenden wollte zugeben, daß sie zu ihm gehörte. Tiere an Bord zu schmuggeln bedeutete Ärger, wie jeder wußte.
Da der Besitzer die Aufforderung über den Bordfunk nicht befolgte, sich seines entlaufenen Pelztieres anzunehmen, schloß sich ein Großteil der Crew einschließlich Copilot zu einer Art Treibjagd zusammen. Daß sie

den blinden Passagier nicht fingen, mag an den mehreren hundert Beinen gelegen haben, mit denen eine Katze von Natur aus besser umzugehen versteht als der flinkste Mensch. Es konnte aber auch sein, daß die überwiegende Sympathie der Verfolgten und nicht den Verfolgern galt und daher die Hinweise erst dann kamen, wenn die Gejagte längst an einer entfernten Stelle saß und sich putzte.

Bis sich die Aufmerksamkeit wieder auf einen einzigen Punkt konzentrieren konnte. Denn die Katze war dorthin zurückgekehrt, wo man sie zuerst gesichtet hatte. Sie hatte sich vor das schreiende Kind gelegt. Ihr lautstarkes Miau war bis ins Heck der Maschine vernehmbar – nicht zuletzt deswegen, weil das Mädchen plötzlich mucksmäuschenstill war. Nur als der ältliche Herr von nebenan das Tier fassen wollte – was ihm übrigens gar nicht bekam und die Inanspruchnahme der Bordapotheke zur Folge hatte –, fing es wieder an zu weinen.

Jemand meinte, man sollte den zusätzlichen Gast in Ruhe lassen, da er doch offensichtlich eine besänftigende Wirkung ausübe. Eine Reisende, die sich als Tierschützerin zu erkennen gab, erklärte, es sei ohnehin pure Quälerei, Hunde, Katzen und anderes Getier in enge Käfige zu sperren und sie stundenlang wie totes Gepäck zu befördern, auch wenn der Transportraum klimatisiert sei. Einige der Gesprächsteilnehmer schwiegen betreten. Sie dachten an den Kameraden, der gezwungenermaßen irgendwo unter ihnen die Reise mitmachte. In einer vergitterten Zelle verstaut, die ge-

wöhnlich zu eng war und die man verschämt »Kennel« nannte. Was erwiesenermaßen nur so lange unproblematisch blieb, wie der Tranquilizer wirkte, mit dem man den Vierbeiner vor Reiseantritt ruhiggestellt hatte.
Nur einer der Mitverantwortlichen wagte ein Plädoyer für die Mitnahme: »Wenn man niemanden hat, den der Hund gut kennt und der bereit ist, sich drei oder vier Wochen lang um ihn zu kümmern, ist es besser, ihm einen Tag im Zwinger zuzumuten. Ihn für die gesamte Urlaubszeit einer kommerziellen Tierpension zu überlassen – und wäre sie noch so ordentlich geführt –, ist für meinen sensiblen Jonathan jedenfalls ein zu großer Streß. Übrigens hab ich ihm versprochen, daß wir heute abend wieder beisammen sind. Und er weiß, daß ich mein Wort halte!«
Die sich andeutende Konfrontation – die Tierschützerin führte einen Fall an, in dem der Setter eines Jägers bei der Ankunft auf dem afrikanischen Zielflughafen tot im Kennel lag – wurde durch das Auftragen der verspäteten Hauptmahlzeit erstickt. Das menschliche Gemüt beruhigte sich, als es ans Essen ging. Sogar Mrs. Miller versuchte ein paar Happen.

Ihre Tochter sollte nicht geweckt werden. Sie schlief, beide Hände um die Katze gelegt, die sich, gleich einer brütenden Glucke, auf ihr niedergelassen hatte. Der intensive Geruch des Essens rundherum schien das Tier nicht zu beeindrucken. Es öffnete kurz die Augen, die Barthaare zitterten leicht und kitzelten am Hals des Kindes, doch bewegte sich keines von beiden. Das Kind

hielt den auf ihm liegenden Körper weiterhin fest umschlungen.
Die noch verbleibenden Stunden des Flugs verliefen ohne neue Aufregungen. Die Passagiere ahnten nicht, daß der Kapitän seiner Airline die Beinahe-Katastrophe und den blinden Passagier an Bord gemeldet hatte. So warteten nach der Landung am Gate nicht nur der Flughafenarzt und ein Veterinär, sondern auch einige Reporter. Denn der clevere PR-Mann der Gesellschaft hatte die ganze Geschichte prompt an die Medien weitergegeben.
Bis zum Verlassen der Maschine hatten sich die beiden Hauptbeteiligten nicht voneinander trennen lassen. Das Kind bestand darauf, die Katze selbst zu tragen, was bis zum Ausgang mit viel Mühe gelang. Danach lief die hilfreiche Flugbegleiterin, die auch jetzt noch viel Beachtung fand, dicht neben der kleinen Patientin her. Bis man sie mit sanfter Gewalt auseinanderbrachte. Denn in die Krankenstation hatten Tiere keinen Zutritt – vor allem dann nicht, wenn sie in Quarantäne mußten, weil sie keine ordnungsgemäßen Tickets und keine Impfbescheinigung mitführten.
Mrs. Miller und ihr Kind wurden übrigens nach eingehender Untersuchung entlassen. Der Arzt kam zu keinem Befund und schloß sich der Einfachheit halber der Vermutung seines Kollegen an, daß es sich wohl um eine Phobie handele. Er riet der Mutter, für die Heimreise sicherheitshalber ein Schiff zu benutzen.
Der Veterinär hatte erst gar keine Gelegenheit, seine Pflicht zu tun. Er hatte die Katze einen Moment allein

gelassen, um mit den drängenden Reportern vor der Tür zu reden. Als er zurückkam, war das Objekt seines Interesses nicht mehr da. Die Zeitungsleute verstanden es aber, ihrer Story mit dem Verschwinden der unbekannten »Wundertäterin« einen mysteriösen und damit besonders spannenden Akzent zu geben. Was wiederum so manchen Leser in dem Gefühl bestärkte, daß es sich bei dem Vorfall um ein außergewöhnliches Ereignis handle, das mit der herkömmlichen Schulweisheit nicht zu erklären sei.

Pilzvergiftung

Die alten Leute gehörten zur Legion derer, die vereinsamen, weil sich keiner für sie interessiert. Wie viele, die keine Kinder haben – oder deren Kinder sich ihrer nur an den dafür vorgesehenen Kalendertagen erinnern –, lebten sie ihr eigenes, verschlossenes Leben. Sie kümmerten sich nicht um die anderen in der großen Wohnwabe, und die Nachbarschaft nahm kaum Notiz von ihnen.

Durch die Zeitung hatten sie von der Achtzigjährigen erfahren, die nach ihrem Tod fast einen Monat lang in ihrem Bett lag, ehe man sie durch Zufall fand. Niemand hatte sie vermißt. Daraufhin hatten sie sich gegenseitig versprochen, daß derjenige von ihnen, der übrigbleiben würde, die kleine Wohnung in der Mietkaserne aufgeben und in ein Heim ziehen sollte.

»Wir hätten halt doch nach meiner Pensionierung aufs Land gehen sollen«, sagte der alte Mann zu seiner Frau. »Dort kennt jeder jeden. Man weiß übereinander Bescheid und hilft sich, wenn jemand Hilfe braucht. In der Stadt will jeder seine Ruhe haben und von den Problemen des Nächsten nichts wissen.«

»Wir haben aber unser ganzes Leben in der Stadt gewohnt«, erwiderte sie. »Gerade du hast doch gemeint, die Dorfbewohner seien dir zu neugierig. Weißt du noch, was du damals gesagt hast? Die Nachbarn wüßten dort schon, was bei uns auf dem Teller liegt, bevor wir die Zutaten gekauft hätten. Im übrigen brauchen wir uns über einen Umzug ohnehin nicht mehr den Kopf zu zerbrechen. Dafür ist es jetzt nämlich zu spät.«

»So schlimm ist's bei uns im Haus ja auch gar nicht«, meinte er. »Die Leute über uns haben bei ihrer Party die Musik gleich leiser gestellt, als ich sie darum bat. Und der junge Mann von gegenüber grüßt immer freundlich, wenn er uns begegnet.«

»Überhaupt niemanden zu haben, muß schlimm sein«, sinnierte sie. »Man braucht doch einen, mit dem man reden kann!«

»Beinahe glaub' ich, daß du unsere Wohnungstür manchmal mit Absicht nicht zudrückst«, schmunzelte er. »Deine Vergeßlichkeit neuerdings scheint Methode zu haben. Eine offene Tür lädt ja bekanntlich zum Eintreten ein. Denkst du dabei vielleicht an den freundlichen jungen Mann?« Mit ihrer gespielten Entrüstung endete das Gespräch. Keiner von ihnen dachte, daß beides – die gelegentlich nur angelehnte Tür und der sympathische Nachbar – einmal ihr weiteres Schicksal mitbestimmen sollten.

Daß eines Morgens die Wohnungstür nur angelehnt und auch am Nachmittag noch offen war, fiel eben diesem Nachbarn auf. Er klopfte, steckte, als er keine Antwort erhielt, den Kopf durch den Spalt und rief »Hallo!«. Da sich auch jetzt nichts regte, nahm er an, daß die Bewohner beim Weggehen vergessen hatten, die

Tür zu schließen. Sicherheitshalber – man konnte nicht wissen, wer ins Haus kam – holte er das offenbar Versäumte nach.
Beim Abwenden glaubte er ein Miau zu hören, maß dem jedoch keine Bedeutung zu. Möglicherweise hatten sich die alten Leute ein Haustier angeschafft. Schließlich sollten ja gerade Katzen älteren Menschen ohne sonstige Abwechslung im Alltag gute Gesellschafter sein.
Er selbst brauchte keine Gesellschaft. Er war ein Einzelgänger, die leibhaftige Widerlegung der These, daß junge Menschen die größere Gemeinschaft suchen, um sich in ihr zu entwickeln, während die Alten, je älter sie werden – falls es ihnen vergönnt ist – den kleinen, bequemen Kreis vorziehen.
Als Student der Philosophie ging er seinen eigenen Weg, konzentrierte sich auf das vom Individuum geschaffene geistige Gut und vertiefte das im Hörsaal Aufgenommene in seiner Stube für sich allein bis spät in die Nacht. Um zu entspannen, ging er danach noch einmal auf die Straße.
Bei seiner Rückkehr hörte er wieder die Katze in der gegenüberliegenden Wohnung. Dazu kratzte sie von innen am Holz. Er überlegte, ob er läuten sollte, und brachte es wegen der späten Stunde nicht übers Herz. Das Gefühl, es könnte etwas nicht in Ordnung sein, nahm ihm die Ruhe und hinderte ihn am Einschlafen. Jetzt wünschte er, daß er die Tür am Nachmittag nicht zugezogen hätte. Vielleicht war das alte Ehepaar verreist, die Katze gehörte gar nicht den beiden und war mehr oder weniger durch Zufall in die offene Wohnung

geraten, in der er sie durch seine übertriebene Vorsicht eingesperrt hatte.
Bald nach Sonnenaufgang stand er erneut vor der geschlossenen Tür. Dahinter war es still – bis er klingelte. Und da waren wieder das laute Rufen und das ihm heute noch dringlicher erscheinende Scharren. Jetzt war er sicher, daß er etwas unternehmen mußte. Das Tier sollte seinetwegen nicht hungern oder verdursten.
Dabei hatte er wie die meisten seiner Generation keine ausgeprägte Beziehung mehr zu bestimmten Tieren. Als er noch klein war, hatten die Eltern einen grauen Pudel, mit dem er gerne spielte. Doch als dieser starb, gab es keinen Nachfolger, und er selbst hatte inzwischen seine Bücher als Freunde. Gleich anderen, die damit beschäftigt waren, sich ein eigenes Leben aufzubauen, fehlten ihm zudem Zeit und Geld für Katze oder Hund. Gerät man dagegen in eine Situation, in der eine Kreatur der Hilfe bedarf, schmilzt diese kühle Distanz gewöhnlich augenblicklich dahin. Man strengt sich gern für etwas an, an das man am Tag zuvor noch keinen Gedanken verschwendet hätte.
Der junge Mann wußte, daß der auswärts wohnende Hausherr einen Verwalter mit der Beaufsichtigung seines Gebäudes betraut hatte. Er erreichte die Sekretärin erst nach neun Uhr und berichtete ihr von seiner Befürchtung.
Die Dame zeigte sich nicht sehr beeindruckt, da es sich ja nur um eine Katze handelte, versprach aber auf sein Drängen hin, im Laufe des Tages jemanden mit dem Schlüssel vorbeizuschicken. Als bis zum Mittag nichts

geschehen war, erfand der junge Mann eine Notlüge und alarmierte die Polizei.

Die und der ebenfalls herbeigerufene Notarztwagen rückten mit Blaulicht und heulenden Sirenen an und brachen die Wohnung auf, in der angeblich ein altes Ehepaar in höchster Gefahr schwebte. Es war eine Unwahrheit, die augenblicklich zur Wahrheit wurde. Denn als das Rettungsteam in die Behausung eindrang und der Student mit Erleichterung die Katze wohlauf sah, machte die Polizei eine andere Entdeckung.

Die Katze lief ins Schlafzimmer voraus. Das alte Ehepaar lag auf dem Bett. Der Notarzt stellte nur noch schwache Herztöne fest, gab Sauerstoff, spritzte ein stabilisierendes Mittel und sorgte für den schnellen Transport ins Hospital. Niemand außer dem Initiator der Aktion kümmerte sich um die Katze, die von einer Ecke aus zusah, wie die Sanitäter die Bewußtlosen hinaustrugen.

Zurück blieb ein Polizist, der den Fall protokollierte und zum Schluß fragte, was mit dem Tier geschehen sollte. Der Student versicherte, daß er sich seiner annehmen wolle, bis man wisse, was aus den alten Leuten geworden sei. Die Katze, die er zum Beweis seiner guten Absicht aufhob, wehrte sich nicht. Sie fühlte sich seidig und geschmeidig an und sah nicht aus, als habe sie gedarbt.

In seiner Studierstube schien sie sich für seine Bücher mehr zu interessieren als für die Schüssel mit Milch, die er ihr hinstellte. Schließlich legte sie sich auf das alte Sofa und schloß die Augen. Es war, als habe sie schon immer hier gelebt. Am anderen Tag sah es dann aber ganz anders aus, und der junge Mann erschrak, denn sie war plötzlich nicht mehr da.

Allerdings verschwand seine Sorge wegen der versäumten Aufsichtspflicht, nachdem er erfahren hatte, daß seine Nachbarn ihre schwere Pilzvergiftung überstanden hatten. Bei seinem Besuch im Krankenhaus erzählte er ihnen, wie er auf ihre Lage aufmerksam geworden war. Doch die Patienten versicherten ihm, daß sie niemals eine Katze besessen hätten.

Katze und Rattlesnake

Florida – für Urlaubsreisende ist es der US-Staat voller Wärme und langer Sandstrände am Atlantik und Golf von Mexico. Mit traumhaften Sonnenuntergängen über Hemingways Key West, den Propellerbooten der Everglades, scheinbar endlosen Zitrusplantagen und Orlandos »Disney World«.

Man verbringt seine Ferien am besten in Miami, Daytona Beach, Fort Lauderdale, Saint Petersburg, am Cape Canaveral und auf Marco Island. Zwischen November und April bei 20 Grad Celsius und mehr, wenn der Himmel über London, Hamburg, München und Wien nicht zu sehen ist und Befahren und Überqueren der Straßen in Europa lebensgefährlich werden kann.

Florida – das ist aber auch die Halbinsel der Hurrikane und Tornados, der Siedlungen in der Nähe geschützter Naturparks und ungerodetem Urwald mit Gürteltieren, Wildschweinen, Waschbären, Alligatoren und Schlangen, die nicht ausschließlich im unzugänglichen Gestrüpp leben und die auch nicht immer ungefährlich bleiben.

Armadillos, im Grunde harmlos, deren Artgenossen man trotz ihres Horngürtels oft überfahren am Straßenrand liegen sieht, sind bereit, Fremde zu attackieren,

wenn sie sich angegriffen fühlen. Im Gegensatz zu den Racoons, den neugierigen und sogar zutraulichen Waschbären, sollte man dem amerikanischen Wildschwein aus dem Weg gehen, wenn es einem auf dem Pfad eines Wildlife-Reservats begegnet.
Alligatoren haben es gar nicht gern, wenn man sich in ihren Gewässern abkühlt. Und auch die Familie, die unlängst eine Picknickpause auf einem der vielen Rastplätze zwischen Fort Meyers und West Palm Beach machte, tat gut daran, sich zurückzuhalten, als sich in ihrer Vesperzeit ein zwei Meter langer Alligator neben ihrem Wagen niedergelassen hatte.
Der größere Teil der Schlangen ist zwar ungiftig. Wer jedoch nicht auf Dauer im Lande lebt, kann sie kaum auseinanderhalten. So ist es zu erklären, daß vor nicht allzulanger Zeit ein achtjähriger Junge, der mit seinen Eltern Freunde in Port Orange besuchte, eine farbenprächtige, nur fingerdünne Schlange fand, in die Hand gebissen wurde und binnen einer Stunde erstickte, bevor ihm das für solche Fälle im Hospital vorrätige Vakzin verabreicht werden konnte. Er hatte eine Korallenschlange, die giftigste von allen Nattern im Südstaat, mit der harmlosen King-Snake verwechselt, die ihr bis auf einen kleinen Farbunterschied aufs Haar gleicht. Sie ist es denn auch, vor der Neuankömmlinge, die in Florida bleiben wollen, neben den Klapperschlangen am meisten gewarnt werden.

Die Einwanderer hatten fünf Morgen an einer Nebenschneise erworben. Ihr Grundstück daheim war gerade

1000 Quadratmeter groß gewesen, und das Zwanzigfache hier im Samsula-County kam ihnen vor wie das Paradies an grenzenloser Natur und Freiheit. Darum hatten sie auch nur, was direkt im Wege stand oder verkrüppelt war, aus dem Boden ziehen lassen und dazu die giftigen Efeuranken entfernt, die überall wucherten. Geblieben waren die wilden Orangenbäume, die Cabbage-Palmen, Wassereichen und Magnolien. In der Mitte des Grundstücks wurden einige tausend Fuß Erde ausgehoben für einen Teich, in dem sich das Grundwasser und in der Regenzeit die flutartigen Niederschläge sammeln konnten. Ein Farmer aus der Nachbarschaft begradigte den Boden und säte Gras, das der Sommerhitze gewachsen war. Am Ende hatte sich das frühere Urwaldstück in einen Park um den neu erbauten Bungalow verwandelt.
Vom kurzgeschnittenen englischen Rasen, wie sie ihn gewohnt waren, riet man ihnen ab. Zwischen Mai und September brannte die Sonne mitunter so heiß, daß die Wurzeln vertrocknet wären. So ließen sie das ohnehin auf Robustheit gezüchtete St.-Augustine-Gras stellenweise fußhoch wachsen und trimmten es nur ums Haus herum, wo es von der automatischen Sprinkleranlage regelmäßig bewässert werden konnte.

Sie waren zu dritt: Vater, Mutter und Sohn. Bei der Einweihungsfeier waren noch zwei Pfund Kater hinzugekommen. Das vom Nachbarn übergebene Präsent hieß in Erwartung späterer Größe Hannibal und übernahm vom ersten Moment an die Regentschaft. Mit der Begründung »Er ist ja sooo süß!« wurde ihm so ziemlich alles erlaubt, wozu das vier Wochen alte Kerlchen fähig war. Also eine Menge – vom Ins-Bett-Kriechen mit anschließendem Zehenbeißen über regelmäßiges Pfotentauchen in Marmeladetöpfe und Umwerfen von Gläsern zum besseren Kennenlernen bis zum Versteckspielen in der betriebsbereiten Waschmaschine.

Der Tierarzt hatte ihm bei der ersten Untersuchung ein langes Leben vorausgesagt – unter der Bedingung, daß man im ersten Lebensjahr besonders gut auf ihn aufpasse. Der Samsula-Bezirk sei nämlich bekannt für seine Diamondbacks und Cottonmouthes, Giftottern, die noch aus der Zeit vor der Rodung des Urwalds übriggeblieben seien. Am besten, man laufe dort nur mit festen Stiefeln herum und lasse Welpen und kleine Katzen nicht aus dem Haus, bis sich ihr Instinkt entwickelt habe und sie der Gefahr rechtzeitig auswichen.

Es war eine wohlgemeinte Empfehlung, die keiner in der Familie so recht ernst nahm. Zumal die totale Kontrolle über den kleinen Kater kaum möglich gewesen wäre, wußte man doch nicht immer, wo sich die halbe Portion gerade aufhielt. Denn zu ihren Eigenschaften gehörte, sich auszuruhen, wo man sie nicht so leicht fand, und keine Gelegenheit auszulassen, durch einen Türspalt nach draußen zu entwischen. Da sie außerdem in den meisten Fällen vor der Haustür sitzen blieb, um sich zu sonnen, und bis dahin niemand etwas von den Nattern zu Gesicht bekommen hatte, legte sich in den folgenden Wochen die anfangs entstandene Aufregung. Als die Oma zu Besuch kam, blieb es darum bei der beiläufigen Ermahnung, während ihrer Spaziergänge auf dem Grundstück aufzupassen, wohin sie trat, und am besten mit einem längeren Stock den Boden vor sich abzuklopfen.

Da man jede Übertreibung vermeiden wollte und die Großmutter von Natur aus nicht zu den Ängstlichen gehörte, kümmerte sie sich nicht weiter um den Rat und marschierte munter drauflos.

Sie war vernarrt in Hannibal, und dieser erwiderte ihre Zuneigung. So schloß sich ihr das Kerlchen öfter beim Spazierengehen an. Dann und wann verschwand es ein Weilchen unter einem Strauch, in dem es raschelte, sprang in die Luft, wenn es ein argloser Falter reizte. Und gelegentlich umkreiste es in weiterem Bogen seine Begleiterin, so daß sie ihn zurückrief – was über kurz oder lang auch von Erfolg gekrönt war.

Eines Abends waren die beiden wieder unterwegs – die alte Dame ohne feste Stiefel und ohne Stock, Hannibal um sie herumtobend und vollauf damit beschäftigt, seinen eigenen Schwanz zu fangen. Die Sonne war am Untergehen, und die einzelnen Schatten der Bäume begannen, zu einem einzigen grauen Schleier zu verschmelzen.

Plötzlich richtete sich aus dem Gras eine Silhouette auf, gleich einem Tau, dem ein Magier auf der Bühne zu scheinbarem Leben verhilft. Gleichzeitig vernahm die Oma ein Rasseln ähnlich dem Klappern, mit dem die Kirchenkinder daheim nach alter Tradition am Ostermorgen die Schläfer weckten. Der Gast aus Europa spürte die Gefahr, wußte aber nicht, was er tun sollte.

Hannibal unterbrach sein Spiel und machte Anstalten, dem komischen Ding näher zu treten.
Das warnende Rasseln verstärkte sich. Im Augenblick, in dem es abbrach – vielleicht den Bruchteil einer Sekunde eher –, schnellte eine helle Gestalt zwischen den ahnungslosen Knirps und die zum Zustoßen bereite Klapperschlange. Diese hatte ihre Aufmerksamkeit auf die Person und das sich anschleichende Kleintier konzentriert.
Ihre Hinwendung zum Angreifer erfolgte nicht schnell genug, so daß sich die große weiße Katze in ihr Genick verbeißen und sie mit ihren Krallen ins Gras drücken konnte. Der Diamondback, einem meterlangen Exemplar, gelang es zwar, sich mit der hinteren Hälfte um den Widersacher zu wickeln. Ihren Kopf konnte sie jedoch nicht so frei bewegen, um ihre Giftzähne in den Feind zu bohren.
Die Oma hatte sich vom ersten Schreck so weit erholt, daß sie fähig war, dem sich auf dem Boden wälzenden Knäuel den Rücken zu kehren und zum Haus zurückzulaufen, wo sie die Bewohner alarmierte. Hannibal, der noch immer nichts begriffen hatte, bemühte sich, an dem spannenden Ereignis teilzuhaben. Er stürzte sich ins Getümmel, mit seinen tapsigen Pfoten abwechselnd auf das Fell des Neuankömmlings und den um ihn geschlungenen Schlauch trommelnd.
Dabei ärgerte er sich über die große Katze, die jedesmal, wenn er beinahe den Anfang des Schlauchs erreichte, durch eine Drehung verhinderte, daß er ihn beschnuppern konnte.

Mittlerweile erschien das Familienoberhaupt mit einer Schrotflinte am Schauplatz. Sein Sohn beleuchtete die Szene mit der Taschenlampe. Es gelang ihnen, Hannibal aus der Gefahrenzone zu locken und der jungen Frau in den Arm zu legen. Die hatte zwar ihre Mühe, den mehr am Fortgang des Spiels Interessierten zu bändigen, brachte ihn aber schließlich außer Reichweite und in Sicherheit.

Der Mann zögerte zu schießen. Die Streuung der Kugeln machte es unmöglich, direkt in die Auseinandersetzung einzugreifen. Hätte er abgefeuert, wären beide Kämpfer getroffen worden. Zudem schien es, als decke das offenbar überlegene Tier mit seinem eigenen Körper den Kopf der Rattlesnake, sobald er die Flinte hob.

Dann geschah etwas, das er nicht verstand und das die Familie noch lange beschäftigen sollte. Ohne vorherige Anzeichen ließ die Stärkere das schwächere Tier los, und dieses löste im selben Moment die Umschlingung. Anstatt aber die plötzliche Bewegungsfreiheit zu nutzen und seinerseits die Katze zu attackieren, kroch das Reptil davon, als sei nichts geschehen – und der Mensch vergaß vor Überraschung, hinter ihm her zu schießen.

Am nächsten Morgen erinnerte er dafür die alte Dame an die früher ausgesprochene Warnung. »Ihr habt großes Glück gehabt. Ohne euren Schutzengel hätte die Sache ein schlimmes Ende nehmen können.« Danach redeten sie sich die Köpfe heiß über den unverhofften Ausgang der Situation.

»Es will mir einfach nicht in den Kopf, weshalb sie sich auf einmal voneinander getrennt haben«, sinnierte der Mann. »Bei solchen Kämpfen geht es doch gewöhnlich um Leben und Tod!«
Als keiner die Antwort darauf wußte, hatte die Oma eine schlaue Idee: »Wenn es wirklich unser Schutzengel war, der uns zu Hilfe kam, konnte alles gar nicht anders ausgehen. Denn Engel töten nicht!«

Das Maskottchen

Man wird sich wohl niemals darüber einig sein, ob ein Talisman wirklich hilft oder nur seinen Besitzer beruhigt. Selbst jene, die ihr Teufelchen am Autospiegel baumeln lassen, den kopfschüttelnden Plüschdackel hinterm Rücksitz immer dabeihaben oder eine Christopherusmünze an ihren Schlüsselbund hängen, behaupten, gegen Aberglauben immun zu sein. Wenn der Kegelklub einen lebendigen Pudel zu seinen Wettbewerben mitbringt, die Tennismannschaft ihr Hängebauchschwein zum Turnier auf fremden Plätzen fährt und der Fußballverein einen Geißbock bei seinen Spielen vorführt, ist das aber mehr als bloße Schau.

Hubert Berger hatte kein Maskottchen. Er war auch nicht abergläubisch – bis ihm die schmutzige Katze nachlief, die er nicht mehr los wurde. Nach einigen erfolglosen Abschreckungsmanövern brachte er sie zum Hundesalon, den ihm seine Segelflugkameraden empfahlen. Was Möpsen, Chow-Chows und Afghanen guttat, sollte auch einer Katze zum besseren Aussehen verhelfen und nebenbei eventuell mitgeschlepptem Ungeziefer den Garaus machen.

Als er die Zugelaufene abholte, hatte er Mühe, sie wiederzuerkennen. Aus dem unattraktiven Anhängsel mit

fleckigem Fell, verklebten Ohren und einem Schwanz, der einem zerrupften Gänsekiel glich, war ein wunderschöner weißer Taschentiger geworden, der den Raum mit Glanz füllte. Die Mitarbeiterin, die ihn gebadet und frisiert hatte, war des Lobes voll über sein ungewöhnliches Verhalten. Man habe die Kätzin bei der Prozedur weder festzuhalten noch zu betäuben brauchen wie andere Kunden, die sich mit Beißen und Kratzen gegen das Waschen und Kämmen wehrten.
Anfangs hatte er den Aufdringling einfach loswerden wollen. Danach hatte es ihm geschmeichelt, daß er so offen von dem Tier bevorzugt wurde. Und seitdem aus dem angeschmutzten Streuner ein Prachtexemplar von einer Katze geworden war, das seinem Sinn für Schönheit entsprach und das sogar von seinen Clubkameraden akzeptiert wurde, die sonst Rassehunde und Reitpferde vorzogen, begann er, »seine« Katze zu lieben.
Er verstand nur nicht, warum sie das Gelände des kleinen Privatflughafens nicht mehr verlassen wollte. Als er sie zum Waschen brachte, hatte sie keinen Widerstand gezeigt und war auch nach ihrer Verwandlung leise auf sanften Pfoten in sein Auto gesprungen wie ein dressiertes Hündchen, ohne daß er nachzuhelfen brauchte. Genauso rätselhaft blieb, wieso er anschließend zum Clubhaus zurückgefahren war, obwohl er sie eigentlich in seine Wohnung hatte bringen wollen. Fast wollte es ihm scheinen, als hätte jemand anderer das Steuerrad geführt. Dabei hatte er sich wohl so sehr mit der Metamorphose vom Aschenputtel zur Prinzessin beschäftigt, daß er in Gedanken gewohnheitsmäßig den Weg zum

Flugplatz einschlug. Sein ursprüngliches Ziel war ihm erst wieder eingefallen, als er angekommen war und seine neugestylte Begleiterin ihn daran erinnerte, daß es angebracht sei, die Tür oder wenigstens ein Fenster zu öffnen, damit sie aussteigen konnte.

Seitdem war ihre Anwesenheit bei den Sportfliegern zur lieben Gewohnheit geworden. Obwohl ihre Zuneigung deutlich dem einen galt, dem sie sich von Anfang an zugewandt hatte, entwickelte sich allgemein das Gefühl, daß »die Prinzessin« Clubmitglied und so etwas wie ihr Maskottchen geworden sei. War sie gerade greifbar, berührte man sie mehr oder weniger beiläufig mit den Fingerspitzen. Vielleicht verhalf das zu einer günstigen Thermik und dem Glück eines besonders langen, schwerelosen Gleitens. Half es nicht, so konnte es doch nicht schaden.

Die Katze hielt bei diesen versteckten und darum flüchtigen Kontakten still, ohne ihre Meinung zu äußern. Zu schnurren begann sie erst, wenn Hubert Berger eintraf. Ihm lief sie entgegen und drückte sich mit gebogenem Rücken und erhobenem Schwanz gegen die Beine. Dafür liebte er sie noch mehr – auch wenn sie die mitgebrachten Leckereien, wie Thunfisch, frisches Tatar und gebratene Leberstückchen, verschmähte.

Als sie gesehen wurde, wie sie auf den Flügeln eines geparkten Gleiters herumturnte, schlug ein Scherzbold vor, man sollte ihr einen Flugschein beschaffen. Sie – und damit der Club – kämen dann wenigstens ins Guinness Buch der Rekorde. Wenn schon ein kaum der Vorschule entwachsenes Kind eine motorisierte Maschine

über einen ganzen Kontinent steuern dürfe, müsse es auch einer begabten Katze möglich sein, unter den Wolken eine Schleife zu ziehen.
Die sicher nicht allzu ernstgemeinte Anregung brachte einige auf die Idee, die Katze mitfliegen zu lassen. Betrachte man sie schon auf dem Boden als Glücksbringer, könne es nur gut sein, sie auch in der Luft dabeizuhaben. Leider scheiterte der Plan an den andersgearteten Vorstellungen der Hauptperson. Sie ließ sich nämlich, als es zur Sache gehen sollte, erst gar nicht blicken. Einmal gelang es einem, ihrer habhaft zu werden. Als man sie jedoch mit dem eigens für sie konstruierten Gurt anschnallen wollte, war sie schneller entschwunden, als man reagieren konnte, und spazierte gemächlich über das Rollfeld davon.
Da man Katzen im Gegensatz zu Hunden eingefleischte Abneigungen kaum aberziehen kann – weshalb ihnen Unverständige und weniger wohlwollend Geneigte Sturheit nachsagen –, traute Hubert Berger seinen Augen nicht, als er die Prinzessin eines Tages in seinem Flieger sitzen sah. Sie erwiderte seinen ungläubigen Blick mit den reinen Augen eines Engels und machte auch keine Anstalten, den Platz zu räumen, als er sie dazu aufforderte. Gefühlsmäßig folgerte er, daß ihre Zuneigung zu ihm stärker sein müsse als ihr Vorbehalt gegen Fluggeräte – und er freute sich darüber.
Gleichwohl dachte er zunächst nicht daran, sie mitzunehmen. Nach den Vorbereitungen zum Anschleppen machte er sich daran, sie eigenhändig auf die Erde zurückzubefördern. Entweder lag es daran, daß er ihr

dabei nicht weh tun wollte und sie darum nicht fest genug anpackte, oder sie machte sich absichtlich so steif und schwer, daß er sein Vorhaben schließlich aufgab.
Spontan entschloß er sich, ihr ihren Willen zu lassen, zurrte sich an, gab dem Piloten der kleinen Zugmaschine vor sich das Zeichen zum Start und sandte ein Stoßgebet nach oben, daß alles gutgehen möge. Im Spiegel beobachtete er seinen Passagier, der sich hingelegt hatte und kein Zeichen von Unbehagen oder gar Unpäßlichkeit von sich gab. Bei 2000 Metern wurde das Schleppseil ausgeklinkt, und der Pilot nutzte den Wolkenaufwind wie Hangwinde zum weiteren Steigen. Wobei er Kurven sanfter flog als sonst, um seinen Fluggast nicht aus der Balance zu bringen, denn er war ja nicht angeschnallt. Doch der schien sich wohl zu fühlen – um so wohler, desto näher sie den Wolken kamen.
Inzwischen hatte er sich aufgesetzt und sah in Lauschposition mit andächtigen Augen in die Höhe, als höre er Stimmen aus einem imaginären Katzenhimmel. Oder war es einfach nur das sanfte Raunen des Windes?
Weil Hubert Berger nicht wußte, wie sein vierbeiniger Begleiter auf reguläres Wegtauchen reagieren könnte, landete er später als geplant. Nach einem Sinkflug, der ihn dem Boden gerade einen einzigen Meter bei 40 Metern horizontaler Strecke näher brachte. Clubkameraden, die ihre Ankunft beobachteten, erzählten später, der Pilot habe lange gebraucht, bis es ihm gelungen sei, seine Katze zum Ausstieg zu bewegen.
Wer danach allerdings glaubte, das Maskottchen habe plötzlich Spaß am Fliegen gefunden und werde andere

ebenfalls begleiten, wurde enttäuscht. Sie flog nur mit dem einen. Und dabei blieb es. Bis zu jenem Abend, an dem sie auch dazu wenig Neigung zu verspüren schien. Sie saß nicht wie sonst auf der Nase, dem Flügel oder gar schon erwartungsvoll in der Kabine, sondern lag wie eine Miniatursphinx auf dem Heck.

Den Ruf ihres Freundes beantwortete sie mit unwilligem Scharren, als gelte es, zu entsorgen, was nicht an den Platz gehörte. Erst als er ungeduldig wurde und drohte, sie mit dem Besen herunterzufegen, schlich sie auf ihren gewohnten Sitz.

Die scheinbare Ruhe nach dem Start endete jäh, als das bis dahin jeder Aggressivität abholde Wesen in mittlerer Höhe dem Piloten auf den Rücken sprang und sich so in seinen Hals krallte, daß er notgedrungen wieder landen mußte. Kaum war der Gleiter in seine Liegestellung gekippt, änderte der Taschentiger sein Verhalten. Friedlich verließ er die Kabine und marschierte zurück zum Heck, wo er aufgeregt zu schnuppern begann.

Derjenige, der in der Luft ihrer Attacke ausgesetzt gewesen war, fuhr in die Stadt, um sich behandeln zu lassen. Bei seiner Rückkehr erfuhr er, daß der Clubmechaniker, durch das Verhalten des Tieres aufmerksam geworden, die Steuerung des Gleiters gecheckt hatte. Dabei hatte er herausgefunden, daß die Elektronik irgendwann wahrscheinlich funktionsunfähig geworden wäre, weil einige Kabel – vermutlich von Mäusen – angenagt waren. Man nahm an, daß die Katze die Eindringlinge gewittert, die Gefahr gefühlt hatte und deshalb so wild geworden war.

Hubert Berger, dem sie vielleicht das Leben gerettet hatte, konnte ihr nicht mehr danken. Wahrscheinlich war sie weggelaufen, weil er sie nach der Landung ein »undankbares Biest« genannt hatte. Katzen lassen sich nicht gern beleidigen!

Die zweite Karriere

Er hatte gerade die Ladentür geöffnet und die Klimaanlage eingestellt, als die Katze hereinschlenderte. Vor dem »Fachwerkhaus mit Brunnen« in Öl, das in der Ecke an der Wand lehnte, blieb sie sitzen. Es sah aus, als gehöre sie dazu: echter Part einer klischierten Szenerie. Spontan nahm er Skizzenblock und Kohlestift zur Hand.

David Friedrichs war einst der beste Zeichner seiner Abiturklasse gewesen und hatte anschließend mit Bravour die Aufnahmeprüfung der Kunstakademie bestanden. Er besaß Talent und arbeitete hart. Seine Lehrer lobten sein Verständnis für Formen und Farben und die liebenswürdige Art seiner Landschaftsstudien. Die Namensähnlichkeit mit dem Greifswalder Genius motivierte ihn noch zusätzlich. Seine Kunst war für ihn das Herz aller Dinge.

Als er erkennen mußte, daß ihm selbst das Genie fehlte, brach eine Welt zusammen, in die er sich über Jahre hineingesteigert, in der er sich eine Zukunft im Höhenflug errechnet hatte. Seine Arbeiten, die bei Freunden und Gönnern hingen, die kleinen Erfolge auf den ersten Stufen des Ruhms, verloren für ihn von heute auf morgen ihre Bedeutung. Sie waren nicht länger Bestätigung sei-

nes Könnens, sondern Dokumente einer Illusion. Er gab das Malen auf.
Dabei hatte er das Glück, wenigstens seinen Träumen nahe bleiben zu können. Geschmack und Beliebtheit verschafften ihm die Mittel für eine eigene Gemäldehandlung. Mit 26 Jahren war er der jüngste Galerist in der Stadt, dem die Wohlhabenden und die, denen Kunst mehr bedeutete als Prestigeobjekte, bald ihre Referenz erwiesen. Eigene Werke stellte er nicht aus, hatte er doch jahrelang nichts mehr geschaffen in der Überzeugung, daß es schon genügend mittelmäßige Malerei gab.
An diesem Morgen vergaß David Friedrichs seine Erinnerung an die weit zurückliegende Frustration. Die Gegenwart der Katze löste eine lange nicht mehr gefühlte Besessenheit in ihm aus. Ihre eigentümliche Schönheit, in der sich scheinbare Widersprüche zu einer besonderen Harmonie zusammenfanden, faszinierte ihn. Der starke und doch elegante Kopf mit den außergewöhnlichen kupferfarbenen Augen, der muskulöse und trotzdem anmutige Körper, der buschige Schwanz, der Kraft und Sensibilität zugleich ausdrückte, schienen seine skizzierende Hand zu beflügeln.
So sehr war er in seine Arbeit vertieft, daß er vergaß, die Tür zu schließen, damit das Modell nicht entwischen konnte, bevor er fertig war. Es fiel ihm auch nicht auf, daß sich die Katze nicht von der Stelle rührte – was für ihre Art, die fremde Orte genau untersucht, ehe sie zu ihnen Vertrauen faßt, höchst ungewöhnlich war. Erst als sich die Kundin, die von ihm unbeachtet eingetreten war, räusperte, wachte er aus seiner Trance auf.

Die Frau war es auch, die ihm die Besonderheit des Geschehens bewußt werden ließ. Sie sprach aus, was er in der letzten Stunde empfunden hatte. Eine ähnliche Katze habe sie auch einmal besessen und sie nicht vergessen, obwohl ihr das Flair dieses »himmlischen Geschöpfes«, das er gerade porträtiere, gefehlt habe. Dann beugte sie sich über seinen Zeichenblock und erklärte, das Bild kaufen zu wollen.
Der Galerist, der, einer momentanen Eingebung folgend, die Kohlezeichnung angefangen und noch gar nicht darüber nachgedacht hatte, was damit geschehen sollte, zögerte und vertröstete die Kundin auf später. Er sei noch nicht fertig und wolle erst sehen, ob das Porträt gut genug sei. Die Interessentin ließ nicht locker.
»Ich würde es jetzt schon nehmen, wie es ist. Es gibt genau die Atmosphäre wieder, die dieses wundervolle Tier verbreitet. Am liebsten wäre mir natürlich das Modell selbst. Aber das werden Sie wohl nicht hergeben?« Und als er nicht reagierte: »In jedem Fall komme ich heute nachmittag wieder. Bis dahin hoffe ich auf Ihre Zusage. Übrigens können Sie die Katze ja jederzeit wieder malen!«
Diese Idee war ihm überhaupt noch nicht gekommen, die Möglichkeit gefiel ihm jedoch. Er kniete neben seinem unerwarteten Motiv nieder und streichelte das zarte weiße Fell. Eine Sekunde lang knisterte es, und ihm war, als empfange er einen leichten Stromstoß. Die Katze schien nichts davon gemerkt zu haben. Sie streckte sich unter seiner erneuten Berührung und zerkratzte dabei die Deckschicht des Fachwerkhauses an

der Wand – ohne daß es den Besitzer der Galerie störte. »Du solltest hierbleiben und meine Muse sein«, sagte er und kam sich albern vor, weil er mit einer Katze redete, die er noch nicht einmal richtig kannte. Gerne hätte er gewußt, ob ihr Schnurren Zustimmung oder einfach allgemeines Wohlbefinden bedeutete. Denn mit Haustigern hatte er bis dahin keinen näheren Kontakt.

Er machte keine Mittagspause. Als die Dame am Nachmittag zurückkehrte, war das Porträt fertig, und er hatte damit begonnen, die Katze ein zweites Mal zu zeichnen. Jetzt auf dem Kissen des Bürostuhls mit einem Tuch aus blauem Samt, während die Tür der Galerie noch immer offenstand und die Klimaanlage an dem schwülen Sommertag nicht zur Ruhe kam. Worauf der Künstler aber nicht achtete, denn er hatte nur Augen für sein Modell, das – den Kopf zwischen den Pfoten – dekorativ auf dem Polster lag.

David Friedrichs war sicher, das Wesen der Katze erfaßt zu haben, ohne allein die äußere Gestalt in den Vordergrund zu rücken. Was geschah, empfand er als ein Wunder, das ihn vergessen machte, wie stark schon einmal sein Glaube an das eigene Können gewesen war und wie schmerzlich die nachfolgende Enttäuschung. Dieses Mal entsprang seine Sicherheit einem inneren Wissen, das unabhängig blieb vom Anschein positiver Reaktionen. Zum Beispiel davon, daß die Kundin bereit war, 300 Mark für die ungerahmte Arbeit zu zahlen, die er in einem halben Tag vollendet hatte – und daß sie nicht die einzige blieb, die sich von Katze und Spiegelbild mit besonderer Interpretation beeindruckt zeigte.

Was der Künstler nicht wußte, erfuhr er einige Tage später, als der Mann der Kundin, die sein erstes Tierbild erworben hatte, ihn in der Galerie besuchte. Er stellte sich als der Verantwortliche für die Wochenbeilage der Tageszeitung vor und bot ihm an, die Zeichnung als erste einer geplanten Serie zu veröffentlichen. Vor lauter Überraschung mißverstand ihn der Befragte und gestand, nur noch ein einziges zusätzliches Porträt von der Katze zu besitzen. Leider habe sie ihn gleich nach der zweiten Sitzung wieder verlassen.
Der Journalist berichtigte, daß die Redaktion gar nicht an eine Katzensequenz dächte. Es gehe ihr auch nicht um die üblichen süßen Bilder von vierbeinigem Nachwuchs, sondern um Sujets, die mehr zeigten als oberflächliche Momentaufnahmen. Die Unterredung endete mit dem Versprechen David Friedrichs', sich um Material für die Reihe »Tiere in unserer Stadt« zu bemühen.
Für seine erste Auftragsskizze wählte er einen alten Hund, den niemand mehr haben wollte und der darum seit zwei Jahren im Heim lebte. Daß er ihn hinter Gittern zeichnete und es ihm gelang, seine Traurigkeit einzufangen, mochte der Grund sein für seine endliche Adoption.
Das Porträt des Pferdes, dessen Koppeldraht Unbekannte zerschnitten hatten, das auf die Straße gelaufen und von einem Auto erfaßt worden war, löste mehr Empörung und Hilfsbereitschaft aus als der vorausgegangene Bericht. Bei dem kleinen Zirkusdromedar, das auf dem Bürgersteig lag und um Futter für seine Kame-

raden im Winterquartier vor den Toren der Stadt bettelte, war der Erfolg ähnlich.
Nur in der Großschlachterei durfte er sich nicht mehr blicken lassen, nachdem es ihm gelungen war, dort die Angst einer Kreatur auf ihrem Weg zur Hinrichtung festzuhalten. Hinterher vervielfältigte sich die Zahl der Leserzuschriften – nicht nur von Vegetariern. Ein Mitarbeiter wurde wegen unnötiger Grausamkeit entlassen.
Mit seinen Arbeiten, die immer wieder Tiere in Not zum Thema hatten und die Milchkühe mit einem eisernen Kopfgestänge ebenso erfaßten wie Zuchtschweine in zu engen Boxen, eine eingefangene Dohle in einem Käfig, der schon für den vorausgegangenen Wellensittich zu klein gewesen war, sowie das Legehuhn, das ohne Nachtruhe sein Dasein auf einigen Quadratzentimetern Drahtgeflecht fristete, löste er eine wahre Lawine aus. Das Muttertier gehörte dazu, dem man gerade das Lamm wegnahm, sowie die experimentelle Neuzüchtung, die so schwer war, daß die Beine Kopf und Körper kaum noch tragen konnten.
Dabei lag die Wirkung dieser Darstellungen in erster Linie an den Gesichtern der Opfer, die betroffen machten. David Friedrichs sah, was gewöhnlich übersehen oder absichtlich ignoriert wurde. Bald hatte er Anfragen von anderen Publikationen, die auf ihn aufmerksam geworden waren, darunter von einem Magazin, das Naturschützern nahestand, und von einer politischen Zeitschrift.
Weitere Aufträge lehnte er jedoch ab. Politisieren lassen wollte er sich nicht, und auch nach einer Zeit anhalten-

den Erfolgs mißtraute er seinem neuen Ruhm. Manchmal, wenn ein Kind ihm sein Kätzchen brachte, damit er ein Bild von ihm male, nahm er sich seiner an – gegen ein vom Taschengeld bezahltes, eigentlich zu geringes Honorar. Im Gedenken an jene weiße Katze, die seinem Leben einen neuen Sinn gegeben hatte.

Ein lieber Bub

Man sagt, Charakter, Gefühlsvermögen und Verständnis für die Umwelt entschieden sich in der Kindheit des Menschen. Tiere sollen dazu nicht unwesentlich beitragen. Familien, in denen ein Lebewesen vom guten Willen der Stärkeren abhänge, böten ihrem eigenen Nachwuchs eine bessere Chance, Liebe und Gegenliebe zu erfahren, in Verantwortung hineinzuwachsen.

Sebastian hatte eine gleichaltrige Schwester, die der Vater bevorzugte, und eine Mutter, die sich dem Willen des Vaters fügte. Mit dem Verhältnis der Geschwister zueinander stand es nicht zum besten. Was nicht an ihm lag, denn er war ein lieber Bub.

Im Zimmer der Schwester gab es einen Kanarienvogel, den ihr der Vater zum Schulanfang geschenkt hatte und um den sich meist der Bruder kümmerte, weil diejenige, der er gehörte, andere Dinge im Kopf hatte. Darunter, daß der Vogel deswegen ihm gegenüber immer zutraulicher wurde, hatte Sebastian zu leiden.

Gelegenheit für kleine, bösartige Racheakte gab es genug. Man konnte die Käfigtür öffnen und den Bewohner an die empfindlichen Vorhänge fliegen lassen. Dann

war der Bruder natürlich dafür verantwortlich. Der absichtlich geleerte Trinknapf war von Sebastian nicht nachgefüllt worden, obwohl ihn die Schwester angeblich ausdrücklich darum gebeten hatte. Wenn der Vogelbauer plötzlich am Fenster in der prallen Sonne stand und sein Insasse um ein Haar einem Hitzschlag erlegen wäre, war das ebenso die Schuld des Bruders wie Piepers Ausflug durch das einladend offene Fenster in die nächste Baumkrone. Zwar gelang es, ihn wieder einzufangen, doch dem dafür zur Rechenschaft gezogenen Buben wurde das Taschengeld entzogen.
Weil er auf solche Weise gelernt hatte, keinem zu vertrauen, schleppte er die verwundet scheinende Katze heimlich nach Hause und verbarg sie in seinem Zimmer. Er wußte nicht, was ihr fehlte, und hoffte einfach, daß sie sich bei ihm schon erholen werde. Die Frau, die sich als einzige von den vorbeieilenden Passanten zu der am Straßenrand Liegenden niederbeugte, hatte gemeint, man sollte das offenbar angefahrene Tier zum Arzt bringen.
Doch kannte der Bub keinen Katzendoktor. Außerdem nahm er an, daß die paar Groschen in seiner Tasche fürs Honorar nicht ausreichen würden und er Ärger bekäme, wenn der Vater die Rechnung bezahlen sollte. So versprach er der besorgten Frau, sich um alles zu kümmern, und machte sich mit dem vermeintlichen Unfallopfer davon.
Der heimliche Gast in seinem Zimmer blieb vorläufig unentdeckt. Es kam ihm zugute, daß Sebastian gewohnt war, sein Zimmer selbst aufzuräumen, die Mutter nur

einmal in der Woche gründlich saubermachte und die Schwester es verabscheute, einen Raum zu betreten, in dem es »nach Jungen roch«.
Trotzdem war der Bub vorsichtig. Der Katze hatte er ein Nest in seinem Bett eingerichtet und ein Handtuch untergelegt, damit keine Flecken entstanden, obwohl sie gar nicht blutete. Zu Essen und Trinken besorgte er heimlich aus der Küche, aber sie nahm nichts davon. Was ihn nicht weiter beunruhigte, nachdem ihm ein Klassenkamerad versicherte, daß sein Hund ebenfalls keinen Appetit gehabt habe, als er krank gewesen sei.
Mitten in der Nacht faßte sich Sebastian ein Herz und trug die Patientin nach draußen, damit sie erledigen konnte, wozu sie in ihrem Versteck keine Gelegenheit hatte. Allerdings tat sie ihm den Gefallen nicht. Statt dessen blieb sie vor ihm sitzen, sah ihn an und miaute. Da fiel ihm ein, daß, wer nichts zu sich nehme, wahrscheinlich auch kein dringendes Bedürfnis verspüre. Als er sie zurückbrachte, wären sie beinahe vom Vater entdeckt worden, der aus dem Badezimmer kam. Erschrocken drückte Sebastian die Katze an sich und hielt ihr eine Hand vor den Mund. Er zuckte jedoch sofort zurück, weil er Angst hatte, sie könnte keine Luft kriegen. Seine Sorge erwies sich indessen als unbegründet. Die Katze dachte nicht daran, sie beide durch ihr Miau zu verraten. Überhaupt hatte er bald das Gefühl, daß sie ihn genauso beschützte wie er sie, obgleich sie nichts tat, außer stillzuhalten, wenn es sein mußte. Einmal, als er glaubte, allein in der Wohnung zu sein, zeigte er ihr den Kanari – und staunte, daß der Vogel völlig unbekümmert auf der

Stange hocken blieb. Plötzlich stand seine Schwester in der Tür. Er spürte ein Ziehen im Magen und seine Beine schwach werden. Aber als er sich nach seiner Untermieterin umsah, war diese verschwunden. Die Schwester hatte nichts bemerkt und begnügte sich mit einigen spöttischen Bemerkungen, als er vor lauter Verlegenheit Körner in den ohnehin gefüllten Trog schüttete.

Doch näherte sich die Schonzeit allmählich ihrem Ende. Zunächst ging noch einmal alles gut. Als er von der Schule heimkam, war seine Mutter dabei, sein Bett frisch zu beziehen. Das Vorhandensein des Handtuchs auf dem Laken brauchte er zum Glück nicht zu erklären. Die Mutter hielt es für den Beweis seiner Sauberkeit und lächelte verständnisvoll. Von der Katze fehlte jede Spur. Sie kam erst vom Schrank herunter, als sie wieder unter sich waren.

Dann geschah, was eigentlich kommen mußte und dramatische Folgen haben sollte. Daß Sebastians Geheimnis irgendwann aufgedeckt werden würde, hätte er sich zwar denken können, nicht aber die Konsequenzen, denn dazu war seine eigene Reaktion zu spontan. Als seine Schwester ihn in seinem Zimmer sprechen hörte, lauschte sie, und die Antwort der Katze verriet ihr, wer bei ihm war.

Der augenblicklich informierte Vater überraschte die beiden und bestand darauf, daß der Fremdkörper auf der Stelle zu entfernen sei. Alles Flehen und Bitten des Buben half nicht, und auch die engelhafte Schönheit des Tieres blieb ohne Wirkung auf das Familienoberhaupt. Schließlich nahm Sebastian »seine« Katze auf den Arm und verließ mit ihr das Haus. Am späten Abend machte sich der Vater auf die Suche nach ihm und meldete ihn schließlich als vermißt.

Einen Block vom Haus entfernt begann der Park, der sich über eine größere Fläche erstreckte. Dort setzte der Bub die Katze neben sich auf eine Bank, schöpfte erst einmal Atem und dachte nach. Schweren Herzens entschloß er sich, seinen Schützling, der sich völlig erholt zu haben schien, sich selbst zu überlassen. Als er ihn seinerzeit fand, hatte er trotz seiner scheinbaren Hilflosigkeit nicht wie ein Streuner ausgesehen. Er mußte zu jemandem gehören und mittlerweile auch in der Lage sein, zu seinen Leuten zurückzufinden.

Er streichelte das Tier zum Abschied, stand auf und ging – entschlossen, sich nicht umzublicken, um nicht zu sehen, wie sie ihm nachschaute. Statt dessen sprang die Katze von der Bank herab und folgte ihm. Er bückte sich, hob sie auf, drückte sie an sich und spürte ihren Gegendruck. Er redete ihr gut zu, erklärte ihr noch einmal, warum sie sich trennen müßten, und setzte sie auf die Erde zurück.

Sie schüttelte sich, buckelte, maunzte ihn an und machte keine Anstalten, ihn zu verlassen. Da drehte er sich um und ging an ihrer Seite weiter. Das Elternhaus blieb hinter ihm zurück. Dabei wurde die Katze unmerklich zum Pfadfinder. Sie führte ihn aus dem Park heraus, über Straßen und Plätze, die er nicht kannte, in eine Gegend, in der nur noch vereinzelt Häuser inmitten von Wiesen standen und Kühe ihr Wiederkäuen unterbrachen, um sie zu beäugen.

Vor einem hölzernen Tor blieb die Katze stehen und sah Sebastian erwartungsvoll an. Als er das Tor öffnete, schlug ihm der Geruch von getrocknetem Gras entgegen und ein paar Hühner flatterten hoch. Plötzlich fühlte er die Müdigkeit. Er suchte sich eine Ecke im Heu und schlief gleich ein. Zwei junge Kätzchen – das eine schwarz, das andere weiß – kamen neugierig näher, beschnupperten ihn und seine Begleiterin und legten sich neben sie.

Inzwischen lief die Fahndung nach dem Kind. Die Besatzungen der Streifenwagen hielten nach ihm Ausschau, Nachbarn und Eltern von Klassenkameraden. In der Zeitung war er beschrieben, und im Fernsehen zeigten sie sein Bild. Sebastians Mutter wagte es, ihrem Mann die unnötige Strenge vorzuhalten. Und ihm glitt zum ersten Mal die Hand aus, als die Tochter meinte, sie habe so etwas kommen sehen. Am Ende des zweiten Tages gab der Vater zu, daß es vielleicht doch besser gewesen wäre, wenn er seinem Buben erlaubt hätte, die Katze zu behalten.

Der Vermißte hielt sich noch immer in der Scheune versteckt. Was ihm zunächst um so leichter fiel, weil er einige Eier im Heu gefunden und allein ausgetrunken hatte, nachdem seine weiße Freundin ihr Desinteresse bekundete und die jungen Miezen sich lieber um eine Maus stritten. Sebastians Glaube, daß diejenige, die er am Anfang ihrer Bekanntschaft hatte beschützen wollen, ihm neuerdings mehr half als er ihr, wurde stärker, als sie am dritten Morgen eine geräucherte Wurst vor ihn hinlegte und ihm zeigte, wo unweit der Scheune

hinter einem Busch eine nicht einsehbare Quelle frischen Wassers perlte.
Daß der Bauer am vierten Tag die Einquartierung bemerkte, war Sebastian trotzdem ganz recht. Die Zeit wurde ihm immer länger. Die Quelle war zu flach, um sich an ihr richtig zu waschen. Das Heu wärmte vor allem in der Früh nicht so wie die Bettdecke daheim. Der Hunger meldete sich und schon ein bißchen Heimweh. So war er froh, als die Eltern ihn abholten. Zudem der Vater versprach, er dürfe die Katze behalten.
Gemeinsam suchten sie nach ihr, riefen sie mit Namen, die ihnen gerade einfielen, denn wie sie wirklich hieß, wußten sie nicht. Als sie die Gesuchte nicht fanden, erbot sich der Bauer, Sebastian eines der beiden Kätzchen zu schenken, die ihm in den vergangenen Tagen Gesellschaft geleistet hatten. Der Bub wählte das weiße.

Ein Eigenbrötler entdeckt sein Herz

Landwirt Lumpel hatte eine Katze. Keine besondere, nur eine ganz gewöhnliche. Sie war gescheckt wie seine Kühe und trieb sich überall herum: im Stall, in der Scheune, im Geräteschuppen und auf den Feldern, wo sie mehr zu essen fand als auf dem Hof. Ihre Robustheit und ihr vitaler Instinkt sorgten dafür, daß sie jedesmal, wenn die Natur sie dazu trieb, einen geeigneten Partner fand und prompt jedes Jahr – manchmal auch mehrmals jährlich – Junge warf.

Über Überpopulation wußte Lumpel Bescheid. Doch bezog er sie vor allem auf sein ureigenes Gebiet: auf zu viele Eier aus kommerziellen Hühnerfarmen, die Milchschwemme durch zu viele Kühe, das massenhafte Ferkelangebot und den Getreideüberschuß durch billige Importe. Bedingungen, die den eigenen Gewinn schmälerten. Daß es zu viele Katzen gab und die Tierheime bald nicht mehr wußten, wohin mit ihnen, hätte ihn dagegen kaum gekümmert. Zumal er dafür sorgte, daß ihre Zahl begrenzt wurde.

Zwar dachte er nicht daran, die Katze, die bei ihm die Mäuse fing, sterilisieren zu lassen. Immerhin kostete das 50 Mark oder mehr, und es reichte ihm schon, was er für künstliche Besamung und mitunter für die Geburtshilfe

bei einer Kuh bezahlen mußte. Und Geld zu verschenken hatte er nicht in den schlechten Zeiten, in denen sich jeder selbst der Nächste war.
Er bevorzugte die einfachste und zugleich billigste Methode, um das Problem zu lösen. Sobald er in einer Ecke das typische Piepsen hörte, holte er die noch blinden Neulinge heraus und trug sie zur Mauer am Gemüsegarten. Er hielt sich dabei zugute, daß sie kaum etwas spürten, weil ein einziger kräftiger Schlag genügte, um sie für immer verstummen zu lassen. Er wußte von Leuten, die ihren Katzennachwuchs ertränkten – was ihm weniger human erschien, weil es bestimmt länger dauerte.
Einmal versuchte jemand, etwas gegen diese spezielle Art der Euthanasie zu unternehmen. Er meldete seine zufällige Beobachtung – meistens erfolgte das Mauerverfahren am frühen Morgen oder spätabends – bei der Ortspolizei. Die Gendarmen stimmten zu, daß die Methode der Beseitigung sehr unschön sei. Eingreifen könne man jedoch nicht. Der Eigner habe das Recht, mit Dingen, die ihm gehörten, nach Gutdünken zu verfahren. Die Paragraphen ließen eine Strafverfolgung nicht zu. Es gäbe allerdings die Möglichkeit, eine zivile Klage anzustrengen. Dazu müsse der Kläger aber gezwungenermaßen und nachweislich wiederholt den Vorgang miterleben, am besten im selben Haus wohnen und sich in seiner Lebensqualität beeinträchtigt fühlen. Dem Menschen taten die Opfer zwar leid, und am liebsten hätte er den Täter zur Rede gestellt, nachdem er offiziell nichts ausrichten konnte. Aber letztlich ent-

schied er sich dafür, anonym zu bleiben, um Ärger zu vermeiden. Er entschuldigte sich bei den Polizisten für die Störung und machte fortan vorsichtshalber einen Bogen um den Schauplatz.

Wieder gebar die Katze zwei Junge. Sie brachte sie hinter einem Holzstoß zur Welt, wo ihr gerade genügend Raum blieb, um sich zu strecken und die Neugeborenen zu säugen. Die Gefahr kannte sie nicht. Ihr Mutterinstinkt war stärker als die Erfahrung der Vergangenheit. Sie ahnte nicht, daß ihr Herr ihre Trächtigkeit bemerkt hatte und bereit war, ihr die Babys wie schon früher wegzunehmen. Doch dieses Mal stand ihr Widersacher nicht rechtzeitig auf. Jemand anderes war ihm zuvorgekommen.

Am Ortsrand wohnte ein Mann aus der Stadt, der keinen Kontakt zu den Leuten im Dorf suchte und für sich blieb. Er gehörte zu jenen, die in Wirtschaft und Industrie Erfolge erringen, die es dann aber – je älter sie werden – um so mehr nach draußen zieht. Nicht nur, weil Lärm, Smog und zunehmende Enge sie mit der Zeit müde gemacht haben, sondern weil sie einfach nicht mehr gewillt sind, das Rennen ums Goldene Kalb fortzusetzen und die damit verbundenen menschlichen Enttäuschungen zu ertragen.

Der Mann baute sich, zum Teil mit eigenen Händen, eine leerstehende Mühle aus und galt bald in der Umgebung als Eigenbrötler und Menschenfeind. Die Promenadenmischung, die mit ihm zusammen lebte, schien seine Haltung zu teilen. Sie ließ keine Fremden ans Haus heran. Selbst der Postbote getraute sich nicht, die

Gartentür zu öffnen, und steckte die seltenen Briefe einfach in den Zaun.
Die beiden Katzen – gefleckt und blütenweiß –, die an diesem Morgen unangemeldet vor seiner Küchentür auftauchten, ohne daß der draußen patrouillierende Hund Alarm geschlagen hatte, überraschten ihn so sehr, daß er sie ohne Zögern hereinließ. Erst dann erkannte er, daß sie beide etwas im Maul trugen: jede ein kahles Etwas aus durchscheinender Haut und pulsierendem Fleisch, das nicht die geringste Ähnlichkeit mit seinen Überbringerinnen hatte. Den Wäschekorb, den er hastig herbeiholte und mit einer Decke polsterte, nahm die gescheckte Katze in Besitz, nachdem die unbehaarten Winzlinge hineingelegt worden waren. Die zweite Katze gab bald darauf zu verstehen, daß sie ihre Aufgabe als erfüllt ansah und gehen wollte. Er schaute ihr nach und sah Fritz, die Promenadenmischung, zu ihr hinlaufen, sie beschnüffeln, mit der Rute heftig wedeln und vor Begeisterung jaulen, als habe er einen verloren geglaubten Freund wiedergefunden.
Der Mann aus der Stadt hatte keine Erfahrung mit Katzen und wußte nicht so recht, welche Rolle das zweite Tier spielte. Auf den kurzen Blick ließ sich nicht erkennen, ob es sich um ein männliches oder ebenfalls um ein weibliches Wesen handelte, möglicherweise um den Vater der Jungen oder um eine Art Tante.
Er glaubte sich zu erinnern, daß Kater nicht zu den treusorgendsten Familienvätern gehörten. Und er konnte auch nicht glauben, daß Fritz, ein gestandener Katzengegner, sich derart galant einem Kater gegenüber be-

nahm. Es handelte sich also wohl um eine Kätzin. Ein Schluß, der durch die Ereignisse der folgenden Tage bestätigt werden sollte.
Der Schutzengel, der die drei in aller Herrgottsfrüh aus dem Kindbett geholt und zu dem Mann in der Mühle geführt hatte, rettete damit das Leben der hilflosen Zwerge, konnte aber das Schicksal der Mama nicht ändern. Ihr Leben endete, nachdem sie ihre Jungen in sicherer Obhut zurückgelassen hatte, auf der Landstraße. Der Lieferwagen, der sie streifte, fuhr weiter. Wahrscheinlich hatte der Fahrer sie nicht einmal bemerkt. Das Müllauto, das später an der Unfallstelle vorbeikam, hielt kurz an, und man warf sie zur übrigen Ladung. So passierte sie ein letztes Mal den Hof, in dem sie zu Haus gewesen war, aber nie eine Heimat für ihre Jungen gefunden hatte.
Am Abend desselben Tages war die weiße Katze wieder da und entlastete den Eigenbrötler, der von seinesgleichen nichts wissen wollte, dem es aber das Herz zerriß aus Sorge um zwei armselige Kreaturen, für die er sich verantwortlich fühlte. Als plötzlich die natürliche Quelle für sie versiegt zu sein schien, hatte er aus einem Taschentuch eine Art Filter gebastelt mit einem winzigen Loch an der Spitze. Nacheinander hatte er den Filter mit Milch, Puddingsoße, flüssigem Grießbrei und sogar Nahrung für Menschenbabys gefüllt und bei deren Besorgung beim Dorfkrämer mißtrauische Blicke in Kauf genommen.
Sein guter Wille war gerade vom ersten zaghaften Saugen belohnt worden, als der Entsatz vor der Tür stand

und er ihn erleichtert einließ. Ohne sich um ihn zu kümmern, legte sich die Zurückgekommene zu dem keine Woche alten Pärchen, und es begann sogleich zu trinken. Der entlastete Hilfspfleger hatte sich auf den Küchenstuhl gesetzt und sah dem Schauspiel mit Vergnügen zu.

Die Promenadenmischung machte sich zuerst über den freigegebenen Brei her und legte anschließend mit zufriedenem Schnaufen unterm Tisch den Kopf zwischen die Pfoten. Mit der Bemerkung seines Herrn über das offenbare »Ammenkollektiv« wußte Fritz nichts anzufangen. Daß die fremde Katze in der folgenden Zeit im Haus blieb, war ihm recht. Nicht nur, weil er sich zu ihr auf eigenartige Weise hingezogen fühlte, sondern auch, weil sie ihm die Delikatessen überließ, die sein Herrchen für sie besorgt hatte.

Als die Katzenkinder so weit gediehen waren, daß sie gut von dem weiterwachsen konnten, was der Hausherr für sie mixte und aus Dosen herauslöffelte, verabschiedete sich die Nothelferin für immer. Der Mann in der Mühle fragte sich noch manches Mal, warum sie gerade sein Haus aufgesucht hatte. Der Gedanke, daß sie gewußt haben könnte, wer seinerzeit die Tötung der Neugeborenen bei der Behörde angezeigt und zu verhindern versucht hatte, kam ihm nicht.

Der Instinkt mochte bei Katzen unterschiedlich ausgebildet sein. Jedoch traute selbst einer, der begonnen hatte, sie zu lieben, ihnen kein konsequentes Denkvermögen zu.

Die Erde bebt

Das schmale Haus stand auf dem St. Andreasgraben. Es war schon alt, um 1900 gebaut, und hatte das große Erdbeben von San Francisco zu Beginn des Jahrhunderts überstanden. Wegen seines ursprünglichen viktorianischen Stils, den aufgesetzten hellen Fenstern auf rostrotem Putz und dem Spitzgiebel mit den geschnitzten Rosetten stand es unter Denkmalschutz wie viele seiner Art in der hügeligen Seitenstraße im Lombard-Viertel. Das Haus hatte sozusagen einen besonderen Charakter, und so verwunderte es nicht, daß sich Mrs. und Mr. Robinson weigerten, es zu verlassen.

Ihre Wiege hatte hier gestanden, Kindheit und Jugend hatte sie darin verbracht, in der Wohnstube zu ebener Erde ihren Eltern den Mann vorgestellt, mit dem sie dann ihr Leben lang glücklich war – in diesem Haus. Sie gehörte einfach nicht zu jener mobilen Gesellschaft, deren Mitglieder der Statistik zufolge bis zum Ruhestand dreieinhalbmal den Wohnort und darüber hinaus noch mehrfach ihr Apartment oder ihr Haus in derselben Stadt wechselten.

Sie und ihr mittlerweile ebenfalls über 70jähriger Mann kannten jeden Winkel, jeden Fleck unter ihrem Dach, und manche Kleinigkeit, die Fremden entging, erzählte

ihnen ihre eigene Geschichte. So verwunderte es nicht, daß Tochter und Sohn sie vergeblich drängten, das alte Haus aufzugeben und zu ihnen und ihren Enkeln zu ziehen. Auch daß sie es ihnen freistellten, sich für die eine oder den anderen zu entscheiden, weil sie bei beiden willkommen gewesen wären, überzeugte sie nicht. Wohl wußten sie, daß sie geliebt wurden, denn ihr eigenes, ganz persönliches Glück war ein guter Nährboden für die Liebe ihrer Kinder gewesen. Doch änderte dies nichts an ihrer Überzeugung, daß sie noch rüstig genug waren, um allein zurechtzukommen, und daß sie sich an keinem anderen Platz so wohl fühlen konnten wie zu Haus.
Als die Enkeltochter ihnen zu Christmas eine weiße Katze schenkte, taten sie dem Mädchen zuliebe so, als freuten sie sich darüber. Dabei hatte Mrs. Robinson jedesmal, wenn sie in den letzten Jahren nur in die Nähe eines solchen Pelztiers gekommen war, im Gesicht und an den Händen einen brennenden Ausschlag bekommen. Gleich nach Weihnachten brachten sie deshalb das Geschenk ein paar Straßen weiter zu Freunden, die schon einen Kater bei sich aufgenommen hatten.
Mrs. Robinsons Haut hatte bis dahin keine Reaktion gezeigt, obwohl sie gelegentlich den zarten Rücken berührt und sogar gedankenverloren gestreichelt hatte. »Gut, daß wir sie trotzdem zu John und Ann gegeben haben«, meinte Mr. Robinson nach ihrer Rückkehr. »Ich hatte schon begonnen, mich an sie zu gewöhnen. Aber deine Allergie wäre früher oder später ja doch wieder ausgebrochen!«

»Sanders haben sich gefreut«, antwortete seine Frau. »Sie wird es gut bei ihnen haben. Katzen gewöhnen sich schnell ein, wenn man lieb zu ihnen ist und sie füttert. Hast du übrigens bemerkt, wie unproblematisch der Siamese sich ihr gegenüber verhielt? Sonst springt er doch jeden, der nicht zu seinen Leuten gehört, gleich fauchend an.«

Nachdem sie sich auf diese Weise gegenseitig versichert hatten, das Richtige getan zu haben, setzten sie sich zu Tisch – um zu entdecken, daß ihnen der sicherlich notwendige Entschluß leid tat. Und deshalb freuten sie sich spontan, als die Katze am nächsten Morgen durchs Fenster schaute. Da sie die angebotene Milch ignorierte und sich gleich auf einen freien Stuhl neben sie setzte, nahmen die Robinsons an, sie habe schon bei ihren neuen Besitzern gefrühstückt und sich lediglich zu einem kleinen Besuch eingefunden.

Schließlich pendeln Katzen, die innerhalb eines kurzen Zeitraums an verschiedenen Plätzen Anklang finden, zwischendurch da- und dorthin, bis sie sich am Ende für die Stelle entscheiden, die ihnen am meisten zusagt. Frances – so hatte die Enkelin ihr Weihnachtsgeschenk getauft – schien in dieses Muster zu passen. Nachdem Mr. Robinson sie am Mittag ein zweites Mal zu Sanders gebracht hatte, blieb sie dort über Nacht und stattete ihren nächsten Besuch erst anderntags ab. Wieder brachte man sie zurück: in einer Einkaufstasche mit Reißverschluß. Als sich der Vorgang indessen noch mehrfach wiederholte, kaufte Mrs. Robinson in der Zoohandlung um die Ecke einen geeigneten Tragekorb.

So mußte der Reißverschluß Frances' Hals beim Rücktransport nicht länger einengen, und sie konnte trotzdem alles beobachten, was um sie herum vorging.
Um Mrs. Robinsons Allergie nicht herauszufordern, beschränkte man die Besuchszeit auf höchstens zwei Stunden und lieferte die Katze danach in der Erwartung ab, sie am folgenden Morgen wiederzusehen. Niemals zuvor hätten es die alten Menschen für möglich gehalten, daß ihnen ein Tier durch seine Anhänglichkeit soviel Freude schenken würde.
Deshalb war es ihnen gar nicht recht, als Frances eines Tages nicht zur üblichen Vormittagsstunde erschien, sondern erst am beginnenden Nachmittag. Auch verhielt sie sich nicht wie sonst. Sie ließ sich nicht auf dem gewohnten Stuhl nieder und strich dafür herum, als suche sie eine sichere Ecke. Nicht viel später gab sie zu erkennen, daß sie möglichst bald zurückgebracht werden wollte.
Ihre Unrast steigerte sich noch, als Mrs. Robinson erklärte, daß ihr Mann die Eskorte allein übernehmen und sie selbst daheimbleiben wollte. Zum ersten Mal erlebten sie, daß Frances schrie, als habe sie Schmerzen. Sie erschraken beide so sehr, daß sich Mrs. Robinson entschloß, lieber mitzukommen und auf dem Weg einen Tierarzt aufzusuchen. Worauf sich die Katze beruhigte und in ihrem Transportbehälter zusammenrollte.
Der Check-up beim Tierarzt verlief ohne Befund. Allerdings blieb er unvollendet, weil plötzlich der Boden zu beben begann, ein Bild von der Wand fiel und der Doktor seiner Kundschaft empfahl, schleunigst auf die

Straße zu laufen, wo man bei einem *earthquake* am sichersten sei. Die Robinsons fanden nicht die Zeit, Frances in ihren Kennel zu schubsen, und trugen sie auf Händen ins Freie. Als sich die Erde beruhigt hatte und sie sich nach ihr umschauten, war sie verschwunden.
In den 17-Uhr-Nachrichten wurde das Ausmaß des Erdbebens beschrieben. Trotz seiner Wucht – Stärke sechs auf der Richterskala – waren die Schäden begrenzt geblieben. Lediglich eine Brücke über die Bay war in der Mitte eingedrückt, und einige wenige Bauwerke waren zusammengestürzt. Todesopfer waren keine zu beklagen.
Zu den Gebäuden, die das nur wenige Sekunden dauernde Beben nicht überstanden hatten, gehörte das Haus der Robinsons.

Seinen Meister gefunden

Hunde sind im allgemeinen nicht von Natur aus aggressiv oder gar böse – selbst die Rassen nicht, denen man Schärfe, Aggressivität und Bösartigkeit nachsagt. Von Ausnahmen abgesehen, die es bekanntlich auch bei anderen Spezies gibt, werden sie vielmehr auf jene Eigenschaften hingezüchtet oder abgerichtet, denen sie ihren pauschal schlechten Ruf verdanken. So wird vor allem mancher größere Hund, von Natur aus Jäger, gelegentlich selbst zum Opfer.

Schuld daran sind diejenigen, die den »besten Kameraden des Menschen« zum Geschäftsobjekt machen, aber auch Leute, die ihre eigene Schwäche kompensieren, indem sie den andressierten Gehorsam eines Stärkeren für ihre eigene Aufwertung nutzen. Zu ihnen gehörte Cäsars Herr, der sich gern damit brüstete, daß sein Hund ein direkter Nachfahre jenes Dobermanns sei, der im Zweiten Weltkrieg als Kampfhund der Armee allein ein ganzes Maschinengewehrnest ausgeschaltet habe.

Der Urenkel war von Anfang an dazu angehalten worden, alles aufzuspüren und zu erledigen, was nach Beute roch. Seine besondere Vorliebe galt Katzen, seitdem sein Besitzer ein paar Exemplare als Trainingspartner für ihn ausgesucht und geopfert hatte. Menschen hatte

er bis jetzt verschont, und deswegen unternahm keiner etwas dagegen, daß er frei herumlief, obwohl manch einer Angst vor ihm hatte und ihm möglichst aus dem Weg ging.
Eigentlich hatten die kleine Kartäuserkatze und ihre vier Jungen keine Chance. Die Frau, die das Muttertier aus Amerika mitgebracht hatte, war dem Rat ihrer Freunde, es sterilisieren und ihm die Vorderpfoten entkrallen zu lassen, nur zur Hälfte gefolgt. Die Nägel waren entfernt worden, nachdem Darling sie artgerecht an den empfindsamen Bezügen von Sofa und Sesseln ausprobiert hatte.
Die Fruchtbarkeit der Katze blieb dagegen unangetastet, weil Frauchen davon überzeugt war, daß der Mensch der Natur nicht willkürlich und ohne zwingenden Grund ins Handwerk pfuschen sollte. Angesichts der natürlichen Folgen der ausgelassenen Fortpflanzung änderte die Aufsichtsperson zwar ihre Meinung, doch da war es bereits zu spät. Die Konsequenzen akzeptierte die Mitverantwortliche immerhin, und sie tat alles, um Darling die Pflege der Jungen zu erleichtern. Die Laube im Garten, von der Trächtigen für ihre Niederkunft gewählt, wurde mit einigen Kissen und einer komfortablen Decke ausgestattet, besonders proteinreiches und vitaminhaltiges Futter wurde ans Wochenbett gebracht und die Tür des Häuschens offengehalten, damit die Wöchnerin nach Belieben ein und aus gehen konnte.
Das Problem bestand leider gerade in dem freien Zugang – und darin, daß Frauchen an diesem Tag nicht da war und deshalb nicht ab und zu ein Auge auf die 20pfo-

tige Gesellschaft werfen konnte. Darum wußte die erste Beschützerin der Katzenfamilie nichts davon, daß Cäsar auf seinem Erkundungsgang an diesem Vormittag eine interessante neue Spur witterte und ihr nachschnüffelte. Seine Nase wies ihm den Weg über ein nicht umzäuntes Nachbargelände zur Gartenlaube.

Er hatte gelernt, daß er auf Pirsch keinen Laut geben, als Einzelgänger nicht das Gebaren einer hetzenden Meute nachahmen durfte. So folgte er lautlos dem Geruch von Wild, für ihn gleich dem Fluidum von Katzen. Er hatte sich nicht getäuscht: Als er um die Ecke bog, stand eine davon direkt vor ihm in der Tür der Hütte.

Die Katze regte sich nicht und sah ihn nur an. Er wußte, daß sie nach den erlernten Regeln fauchen mußte, um ihn abzuschrecken. Außerdem mußte sie sich hinten ducken und vorne strecken, damit sie sich besser drehen und ihn beim ersten Angriff erst einmal abfangen konnte. Sie tat nichts dergleichen. Sogar ihr Rücken blieb ungekrümmt, was nach seinen Erfahrungen in dieser Situation eigentlich nie vorkam. Ihr Fell in einem Weiß, das ihn zu blenden schien, blähte sich wie vom Wind aufgefächert, und dabei verspürte er nicht den kleinsten Luftzug.

Ihre abwartende Sicherheit, mit der sie ihn beobachtete, irritierte ihn. Er sah von der beabsichtigten spontanen Attacke ab und verlegte sich fürs erste auf sein eindrucksvollstes Knurren. Die einzige Reaktion war ein klägliches Miau aus dem Hintergrund und die beruhigende Antwort einer anderen Katze. Seine Widersacherin hielt unbeeindruckt ihre Stellung.

Nach einer Weile wagte sich der Dobermann, dem bis dahin kein Gegner standgehalten hatte, einige wenige Schritte vor – bis sein Instinkt ihm Einhalt gebot. Er erkannte wohl die günstige Verteidigungsposition seines Gegenübers. In der Türöffnung konnte er es nicht einfach umgehen und von hinten angreifen. Er hätte dabei die offene Flanke gezeigt. Von der Seite aber bildeten die Wände der Gartenlaube eine unüberwindbare Barriere.
Im Grunde legte er gar keinen Wert mehr darauf, sich mit der weißen Katze anzulegen, die ihm plötzlich viel größer vorkam als alle, mit denen er es bisher zu tun gehabt hatte. Ihm ging es um den hörbaren, wenn auch noch nicht greifbaren Inhalt der Hütte, den ihm die Weiße verweigerte. In dem Moment, in dem seine triebhafte Raublust die Oberhand über das vorsichtige Abwägen seiner Chancen gewann, sprang er nach vorn.
Bei einem ernsthaften Kampf zwischen Hund und Katze kommt letztere nur heil davon, wenn es sich bei dem Gegner entweder um einen Gernegroß handelt, der seine Stärke überschätzt hat, oder um einen, der den Mauerabschluß nicht erreicht, auf den die wendige Katze gesprungen ist, wenn gerade kein Baum greifbar war. So gesehen ist nicht der Hund der gefährlichste Feind der Hauskatze, sondern der Mensch. Denn dieser »erlegt« mit der Waffe Auto auf den Straßen ein Vielfaches von dem, was bei den tierischen Auseinandersetzungen auf der Strecke bleibt.
Cäsar gehörte demnach zur Minderheit in der Statistik, diejenige, die ihm den Zugang zur Beute versperrte, bil-

dete die Ausnahme von der Regel. Er glaubte schon, sie gefaßt zu haben, als sie unversehens hinter seinem Kopf landete und ihm den ersten Nasenhieb seines Lebens versetzte. Sie war so schnell gewesen, daß er nur ihren Schatten wahrgenommen hatte, als sie durch die Luft flog. Ihm hatte die Zeit gefehlt, zu reagieren und sie mit seinem scharfen Gebiß abzufangen.

Sein Vorhaben, den Kopf so weit zu drehen, um sie herunterzerren zu können, mißlang ebenso wie der Versuch, sie abzuschütteln. Ihre Krallen hatten sich so fest in seine durch die dünnen Haare wenig geschützte Haut gebohrt, daß es weh tat. Gleichzeitig fand sie Gelegenheit, ihm mit den Zähnen weiter zuzusetzen. Augenbrauen und Ohren begannen zu bluten.

Wer anderen zwar Leid zufügt, eigenen Schmerz jedoch nicht gewohnt ist, reagiert besonders empfindlich. Der Dobermann drehte sich ein paarmal um sich selbst, wälzte sich jaulend auf dem Boden, strich mit den Vorderpfoten über die verletzten Teile und trat dann den Rückzug an. Die Katze schickte ihn mit einem letzten Hieb auf den Weg, bevor sie heruntersprang. Sie hatte während des Kampfes keinen Laut von sich gegeben.

Verwundete Hunde verhalten sich wie kleine Kinder, die gefallen sind: Sie suchen Hilfe bei der Person, der sie am meisten vertrauen. Cäsar lief zu seinem Herrn. Der wollte nicht glauben, was er sah. Sein ganzer Stolz in einem so traurigen Zustand! Die Nase blutig, eine Augenbraue geschwollen, ein Ohr zerfleddert, das andere geknickt, das Nackenfell verkrustet. Es mußte einen Kampf gegeben haben mit einem, der ebenso

stark war. Wahrscheinlich sah der andere noch schlimmer aus!
Nur verhielt sich sein Trabant nicht wie ein Sieger. Er verlangte unmißverständlich Trost und Pflege und duldete mit hochgezogenen Lefzen, aber ohne Knurren, daß seine ramponierten Stellen versorgt wurden, obwohl das Jod höllisch brannte. Danach verlangte der Sanitäter Aufklärung darüber, was vorgefallen war.
Zwischen Herr und Hund gibt es, wenn sie lange genug miteinander zu tun hatten, eine für Außenstehende unbegreifliche Kommunikation. Frage und Antwort, Wunsch und Verneinung, Widerwille und Freude werden durch Stimme, Lautstärke und Gesten verstanden. So gelang es Cäsar, seinem Rudelführer den Ort der Niederlage zu zeigen.
Hierher war inzwischen auch die Verantwortliche für die Kartäuserfamilie zurückgekehrt und hatte bei der Inspektion nichts Ungewöhnliches festgestellt. Sie war deswegen erstaunt und ein bißchen ungehalten, als der Fremde auftauchte, behauptete, sein Dobermann sei bei ihr mißhandelt worden, und die Bestrafung des Schuldigen verlangte.
Sie versicherte ihm, sie habe gar keinen Vierbeiner, der es mit einem Typ wie dem seinen aufnehmen könnte. Doch der Erboste glaubte ihr nicht und bestand auf dem Einblick in die Hütte. Draußen hatte sein malträtierter Begleiter seine Stimme wiedergefunden, getraute sich aber offensichtlich nicht hinein und verweigerte auch den Gehorsam, als sein Herr ihn als Zeugen herbeirief.

Denn er glaubte, daß in einer Ecke der Laube das weiße Untier auf ihn wartete.

Beim Anblick der braungefleckten Gesellschaft stutzte der Mann, hatte er doch eine eindrucksvollere Kreatur erwartet. Das Verhalten seines Hundes ließ ihn trotzdem vermuten, daß ihm die Katzenmutter die Wunden beigebracht hatte. Er erinnerte sich an den Bericht von der Gazelle, die eine hungrige Löwin in die Flucht geschlagen hatte, als sie ihr Junges ergreifen wollte. Warum sollte eine Katze nicht den gleichen Mut aufbringen! Auch wenn sie jetzt eher einen ängstlichen Eindruck auf ihn machte.

Ihr Frauchen lachte ihn allerdings aus, als er seinen Verdacht äußerte. Das Kräfteverhältnis schließe diese Möglichkeit für jeden vernünftigen Menschen aus. Der Mann hatte plötzlich ein schlechtes Gewissen. Er kannte seinen Hund und konnte sich denken, wie es zu der Auseinandersetzung gekommen war. Er habe sich dann wohl geirrt, erklärte er und entschuldigte sich.

Der Dobermann folgte ihm bei Fuß und drehte sich nur noch zweimal um, ob ihn die weiße Katze nicht vielleicht doch verfolgte.

Ein paar Minuten Verzögerung

Nach der Landung der Alliierten hatten sie ihre Stellungen zwischen Rognac und Cignac verlassen und den Rückzug durch das Tal der Rhône angetreten. Ihre RAD-Einheit bestand aus Jungen, die mit 16 und 17 Jahren von der Schulbank weg eingezogen worden waren und die Heimweh und Angst mit strammer Haltung und betonter Einsatzfreude verdeckten.

Im Sommer des Jahres 1944, als sie vor Valence Rast einlegten, hatte sich ihre Einheit längst in kleine Gruppen aufgelöst: versprengte Haufen ohne ihre Flakgeschütze. Karli, den die anderen, als sie noch beisammen waren, »Milchgesicht« gerufen hatten, streckte sich im Straßengraben aus. Er lehnte den Rücken gegen die Böschung, Helm und Gamaschenstiefel lagen neben ihm.

Johnny und Franzl, die beiden Kameraden, die er seit der Untersekunda kannte und die mit ihm die letzten Kilometer marschiert waren, hatten es sich links und rechts von ihm bequem gemacht, so gut es die Umstände erlaubten. Der Maquis, der in den Höhen über dem Fluß saß, gab im Augenblick Ruhe. Der Mörserbeschuß hatte aufgehört. Auch die Leute der Widerstandsbewegung machten Pause. Wahrscheinlich hatten auch sie Hunger und frühstückten gerade.

Die drei hatten seit zwei Tagen nichts mehr gegessen außer Weintrauben, die an den Reben entlang der Straße reiften. Die Verpflegungskompanie der Waffen-SS, die ihren Reichsarbeitsdienst geringschätzig als »Kindergarten der Armee« bezeichnet, sie aber immerhin mitversorgt hatte, war aufgerieben worden. Johnny wiederholte zum x-ten Mal das alte Landserwort »Hunger ist schlimmer als Heimweh«, obwohl ihm im Grunde der Appetit vergangen sein mußte. Denn er hatte die Kombination von Trauben und Wasser nicht vertragen und sich notgedrungen in kurzen Abständen – zum Teil ohne Deckung – an den Straßenrand hocken müssen.

Auch Karli war hungrig. Der Maquis mochte seine Pause beendet und die Rückzugstrecke erneut im Visier haben. Dennoch hielt es den Jungen nicht länger im Graben. Unweit sah er den Bauernhof liegen, in dem es etwas zu essen geben mußte. Und er war entschlossen, es zu holen. Egal, ob die Bewohner noch da waren, sich versteckt oder das Weite gesucht hatten. Selbst das Risiko, daß dort Scharfschützen lauerten, hielt ihn nicht davon ab, seinen spontanen Entschluß in die Tat umzusetzen.

Er zog die Stiefel an, setzte seinen Helm auf, faßte den Karabiner, versprach den Kameraden, bald zurück zu sein, und machte sich auf den Weg. Geduckt und zickzack laufend für alle Fälle. Hinter ihm spritzte Erde hoch beim Einschlag der Granaten.

In der Sonne summten Fliegen, und vor dem Stall saß eine weiße Katze, die ihn anschnurrte. Sonst blieb es still.

Kein Pferd schnaubte, keine Kuh muhte. Über den Schweineboxen stand noch der Geruch der früheren Insassen. Nur im hinteren Teil des Anwesens rührte sich etwas: etliche Hühner nutzten die Gelegenheit, durch die aufgestoßene Luke ihres Verschlags ins Freie zu flattern. Karli fand vier Eier. Zwei trank er auf der Stelle aus, die anderen verstaute er in seinem Brotbeutel, zusammen mit etwas Stroh, damit sie den Transport besser überstanden. Da ihm die Ausbeute zu gering vorkam – er wollte die Kameraden ja nicht enttäuschen –, entschloß er sich, seine Nachforschungen auf das Hauptgebäude auszudehnen. Wegen der Fensterscheibe, die dabei zu Bruch ging, bekam er vorübergehend ein schlechtes Gewissen. Er erinnerte sich an den Vortrag seines Vaters über die Rücksichtnahme auf fremdes Eigentum, als einst sein Fußball im Haus des Nachbarn gelandet war.
Doch wandten sich seine Gedanken sogleich wieder dem Zweck seines derzeitigen Unternehmens zu. Außerdem war ihm die Katze durch das zerbrochene Fenster in die Küche gefolgt und drückte sich an seine Beine. Er bückte sich, strich ihr über den Rücken und kraulte sie hinterm Ohr, wie er es zu Hause bei seinem Hund getan hatte. Dann erklärte er ihr, daß er leider keine Zeit mehr für sie habe. Womit sie sich zunächst zufriedenzugeben schien.
Die alte Eiskiste war leer, das geschmolzene Eis bildete eine Pfütze auf ihrem Grund. Auch in den Schränken fand er nichts Eßbares. Erst in der Schlafkammer hatte er Erfolg. Neben dem Alkoven gab es eine Nische in der Wand, die wohl wegen der sie umgebenden dicken

Mauer als zusätzlicher Vorratsraum diente. Er nahm eine geräucherte Wurst und einen Käse. Auch der Laib Brot wäre in die engere Wahl gekommen, obwohl er schon so hart war, daß sie ihn in Wasser hätten aufweichen müssen.

Aber die Katze machte sich wieder bemerkbar und nahm seine Aufmerksamkeit für eine Weile so sehr in Anspruch, daß er das Brot am Ende vergaß. Das Tier benahm sich, als sei er sein bester Freund und als habe es nur auf ihn gewartet. Deshalb brachte er es nicht fertig, sich von ihm zu lösen und ohne Verzögerung zu den beiden anderen zurückzueilen.

So setzte er sich neben die sonderbare Katze, schnitt mit seinem Taschenmesser nacheinander ein Bröckchen Käse und ein Scheibchen Wurst ab – und steckte sich beides selbst in den Mund, als sie kein Interesse daran bekundete und statt dessen auf seinen Schoß kletterte.

Während er sie liebkoste, vergaß er Umgebung und Zeit. Er war wieder das Kind, das seinen Wuschel umarmte und die Wärme des Tieres erwiderte. Die Katze gab ihm ein lange nicht mehr gekanntes Gefühl der Sicherheit. Der Lärm der Kanonen entfernte sich und verstummte dann gänzlich.

Als er sich endlich erhob und sich von der Katze – und der Erinnerung – löste, war eine weitere Viertelstunde vergangen. Er beeilte sich und dachte nicht einmal daran, sich zu ducken. Doch die Stille dauerte an. Er erreichte die Zurückgelassenen, ohne daß ein Schuß fiel. Sie waren beide tot, ihre Gesichter von Splittern unkenntlich gemacht.

Er mußte schon den ganzen Mittag über neben ihnen gesessen haben, als der Wagen neben ihm stoppte. Zwei Pionierunteroffiziere halfen ihm, Johnny und Franzl zu begraben und ein Kreuz aus knorrigem Rebholz einzuschlagen. Zuletzt hatte er jedem der Gefallenen das Ei in die Hand gelegt, das ohnehin für ihn bestimmt gewesen war. Den Helfern überließ er die Wurst und den Käse. Er selbst hätte keinen Bissen schlucken können.

Als sie nach einer Biegung nahe an dem Bauernhof vorbeifuhren, bat Karli den Fahrer anzuhalten, damit er noch einmal die Katze sehen konnte, der er sein Leben verdankte, weil sie ihn zur rechten Zeit zurückhielt. Er suchte sie überall. Er fand sie nicht und verließ das Gehöft enttäuscht und mit dem Gefühl, etwas Wichtiges versäumt zu haben.

Aber im Lauf des Jahres verblaßte ihr Bild. Mehr und mehr war er davon überzeugt, daß er nicht davongekommen war, weil sich ein guter Geist seiner angenommen hatte, sondern weil seine Zeit erst viel später ablaufen sollte.

Glaube und Aberglaube

Die beste Zeit der Künstlerin Maria Claudius war eigentlich vorbei. Ihr Mezzosopran, der die Besucher ihrer Liederabende früher begeistert hatte, besaß zwar immer noch das gewisse Timbre. Doch ihre Stimme bewegte sich längst nicht mehr mit der einstigen Sicherheit in den Koloraturbereichen zwischen Sopran und Alt. Für die Interpretationen aus den Zyklen ihrer Lieblingskomponisten Schubert und Schumann wählte sie immer mehr die einfacheren Lieder. Ihr internationaler Ruf begann zu verblassen. Nur das treueste Publikum hielt weiterhin zu ihr.

Wie viele Maler und Sanger glaubte auch Maria Claudius an Vorzeichen und Mittel, um Ungemach abzuwenden oder wenigstens zu mildern. Als das Wintergoldhähnchen, ein in Freiheit lebender winziger Vogel, ihr zuflog und sie ihn auf ihre Reisen mitnahm, fühlte sie sich sicher. Das Wunder seines Überlebens, wenn auch im vergoldeten Käfig, nahm sie als »Zeichen der Götter« entgegen. Nachdem sie ihn dann aber doch in ihrem Garten begraben mußte, trat sie von der geplanten Tournee zurück und erholte sich nur langsam von dem Schock. Als ihr vor einem Auftritt eine schwarze Katze über den Weg lief, sagte ihr der Verstand, daß dies nichts zu bedeuten habe. Ihr Gefühl sagte etwas anderes – und behielt recht: Am nächsten Tag mußte sie sich mit einer Grippe ins Bett legen. Seitdem mied sie Katzen, und wenn sie eine sah, drehte sie sich um und ging zurück.

All dies war geschehen, als sie sich noch auf der Höhe ihrer Karriere befand und solche Ereignisse sie hemmten, indessen nicht auf Dauer davon abhielten, die Bühnen ihrer Erfolge zu betreten. Inzwischen hatte sich das geändert. Ungünstig erscheinende Omen – Schafe zur Rechten, der nächtliche Ruf eines Käuzchens, ein zerbrochener Spiegel und sogar das verlorene vierblättrige Kleeblatt waren Grund genug, um auf einen Auftritt gänzlich zu verzichten. Den Ausschlag hatte die letzte Begegnung mit einer Katze, diesmal mit einer grauen, gegeben.

Als sie am selben Abend »Die Mondnacht« sang, versagte mitten im Vortrag ihre Stimme, und sie floh hinter die Kulisse. Ihr Psychotherapeut hatte Mühe, sie davon zu überzeugen, daß in Wahrheit nicht ihre Stimme zusammengebrochen war, sondern daß es seelische Gründe dafür gab. Reaktionen auf scheinbare äußere Kleinigkeiten seien nicht selten unbewußt. Doch könnte dies in ihrem Fall negative Folgen haben. Dabei sollte sie Zufälligkeiten nicht die Bedeutung von Zeichen beimessen, den Erfolgen ihres Lebens dagegen einen realen Wert, auf dem sich auch in Zukunft noch manches aufbauen ließe.

Maria Claudius nahm sich vor, nicht wie der Reiter zu sein, der nie mehr in den Sattel kletterte, nachdem er

vom Pferd gefallen war. Daß ihr dieses Beispiel in den Sinn gekommen war, gefiel ihr und gab ihr noch ein bißchen mehr Mut, es noch einmal zu versuchen.
Sie beauftragte ihren Agenten, zwei Schubert-Abende in Provinzstädten vorzubereiten, in denen sie schon früher ein dankbares Publikum gefunden hatte. Im stillen hoffte sie, daß man sich dort ihrer Glanzzeit erinnerte und von ihren zuletzt geringeren Erfolgen wenig gehört hatte.
Vor ihrem Auftritt verließ sie für kurze Zeit den Ankleideraum, um in den Saal zu spähen. Er war bis auf den letzten Platz besetzt. Ihre Nervosität machte sich wieder bemerkbar. Sie eilte zurück, um eine Beruhigungstablette zu nehmen, obwohl sie wußte, daß die Vitalität ihrer Stimme darunter leiden konnte. Als sie die Tür zu ihrer Garderobe öffnete, saßen zwei weiße Katzen auf ihrem Schminktisch.
Ihr Schock wurde dadurch nicht kleiner, daß eine davon bei ihrem Eintreten heruntersprang und ihr Spiegelbild verschwand. Unwillkürlich machte die Sängerin eine abwehrende Handbewegung, um auch die übriggebliebene Erscheinung zu verscheuchen. Die Wirkung fiel allerdings anders aus als erhofft. Die Katze kam auf sie zu und tat etwas, das ihresgleichen sonst nicht tut: Sie legte sich weder, Streicheleinheiten fordernd, vor ihre Füße, noch strich sie an ihr entlang, als wüßte sie von ihrer Abneigung. Es war vielmehr, als empfinde sie wie ein treuer Hund, der seinem Herrn eine Pfote hinstreckt als Zeichen seiner Ergebenheit. Die Geste nahm ihrem unerwarteten Auftreten etwas von der zunächst

gefühlten Bedrohlichkeit und beruhigte die beinahe in Panik Geratene, ohne daß diese noch an die beabsichtigte Einnahme des Mittels dachte.
Gleichwohl blieb die Furcht, daß ihre Vorstellung wieder einmal unter einem schlechten Stern stand. Katze blieb Katze, egal ob schwarz, grau oder weiß. Oder bedeutete der leuchtende Schein des unerwünschten Gastes vielleicht doch ein besseres Vorzeichen? Sie versuchte es mit einer Probe ihres ersten Vortrags – und konnte es nicht fassen!
Lange nicht mehr war ihr das »Gretchen am Spinnrad«, der Aufschrei der 17jährigen nach ihrer ersten Liebe, so leicht und kraftvoll über die Lippen gekommen. Auf der Bühne gelangen ihr die gestoßenen Oktaven des »Erlkönig« ebenso fehlerlos wie Schuberts letzte Liedvertonung aus der »Schönen Müllerin«. Bei der »Winterreise« spürte die Künstlerin förmlich, wie sich die Zuhörer einfangen ließen.
Nach dem populären Schlußteil, dem schwermütigen »Heidenröslein« und dem romantischen »Frühlingstraum«, herrschte einige Momente andächtiges Schweigen, ehe der Beifall losbrach. Zum ersten Mal seit langer Zeit wurde eine Zugabe verlangt. In der Kritik hieß es hinterher, wenige könnten »Leise flehen meine Lieder« besser zu Gehör bringen als Maria Claudius mit ihrem begnadeten Mezzosopran. Wieder einmal habe sich gezeigt, daß Weisen, selbst wenn sie zuerst für Tenöre und Baritone geschrieben wurden, durchaus auch von geeigneten Frauenstimmen getragen werden könnten.

Die überraschende Wiederkehr der verloren geglaubten Stimme schrieb die Künstlerin dem besonderen Ereignis des Tages zu. Es war die weiße Farbe der Katze, die den Unterschied ausmachte. Sie brachte ihr Glück. Und dieses Glück würde bei ihr bleiben, wie es – nur für sie sichtbar – während des gesamten Liederabends gegenwärtig gewesen war. Wieder einmal hatte sich Aberglaube in Glauben verwandelt. Maria Claudius glaubte an sich und ihre Gabe, Menschen zu beschenken, wie in ihren besten Jahren.
Tatsächlich blieb das Glück an ihrer Seite. Zu Hause hatte sie ihm ein Bett mit seidenen Kissen hergerichtet. Im Hotel drückte sie die Katze so lange mit sanfter Gewalt an ihr Fußende, bis sie nachgab und liegenblieb. In den Konzertsälen war das wundersame Tier bald ebenso bekannt wie seine Beschützerin, die keinem gestand, daß in Wirklichkeit sie es war, die sich beschützt vorkam. Nach einer gewissen Zeit fragte sie sich schließlich auch nicht mehr, woher ihr Maskottchen gekommen sein mochte und ob es nicht vielleicht nur ein geborgtes Glück sein könnte.
Denn es sah ja so aus, als sei sie für immer auf die Sonnenseite hinübergewechselt. Ihre Liederabende blieben große Erfolge. Zu ihren beachteten Interpretationen gehörten die lyrischen Stimmungsbilder von Robert Schumann. Die ursprünglich der männlichen Domäne zugesprochene, von vielen als schönstes Lied der Romantik empfundene »Mondnacht« wurde ebenso zu ihrem Markenzeichen wie vertonte Gedichte von Chamisso, voller Verträumtheit und Melancholie.

Als eine Verhärtung in ihrer Brust festgestellt wurde, war sie sicher, daß die Biopsie deren Harmlosigkeit beweisen würde, und hatte sich nicht geirrt. Als in einem anderen Land bei einer Veranstaltung, an der sie ursprünglich hatte teilnehmen wollen, das Dach der Konzerthalle einstürzte, war sie nicht betroffen. Sie hatte in letzter Minute absagen müssen. Selbst die Massenkarambolage auf der Autobahn im Süden überstand sie heil, weil die Katze vorher ein Bedürfnis zu verspüren schien und die Fahrerin auf dem Grasstreifen neben der Fahrbahn anhalten ließ.
Maria Claudius starb ein Jahr später. Sie erlitt auf der Bühne beim hohen C einen Herzschlag. Die weiße Katze war bei ihrem letzten Auftritt nicht mehr dabei.

Willkommene Gesellschaft

Sie hatte die Siebzig überschritten und fühlte sich wohl dabei. »Ich möchte nicht mehr dreißig sein in dieser verrückten Zeit«, pflegte sie zu sagen. Und sie fügte gewöhnlich hinzu, früher sei eben doch alles ruhiger zugegangen und das Leben übersichtlicher gewesen. Die Leute von nebenan nannten sie »die alte Dame«, was sie nicht wußte. Sie galt als streitbar und hätte ihnen höchstens eine »ältere Dame« zugestanden.

Solche feinen Unterschiede waren es, an denen sie sich orientierte und aufrichtete. Sie würde niemals zu jenen gehören, die sich in ihren späten Jahren in sich selbst zurückziehen. Die in der Nacht den Morgen herbeisehnen und tagsüber auf den Abend warten. Sie mochte allein sein, aber sie fühlte sich nicht einsam.

Manchmal kam eine Jugendfreundin zu ihr. Doch geschah dies immer seltener, denn die andere zehrte von Erinnerungen, während sie selbst die Gegenwart liebte und sogar etwas wie Neugierde auf das verspürte, was noch kommen würde.

»Emma, mit dir kann man nicht mehr reden«, beschwerte sich die Freundin, wenn die Besuchte kein Interesse an einem Ereignis zeigte, das vor mehr als fünfzig Jahren stattgefunden hatte und zum x-ten Mal als

Gesprächsthema herhalten mußte. »Emma, du bist redseliger, wenn du dich mit deinem neuen Goldfisch unterhältst!« Womit sie einen wunden Punkt berührte, hing die so Kritisierte doch ebenfalls, ohne es sich einzugestehen, an einer Erinnerung. Ihre einzige Tochter hatte einst gegen den Willen ihrer resoluten Mutter in ihrem winzigen Aquarium eine Goldorfe gehalten. Irgendwann war sie mit ihren Schulkameradinnen ins Ferienlandheim gefahren, und in dieser Zeit starb der Fisch. Sie verzieh derjenigen, der sie seinerzeit die Verantwortung übertragen hatte, nie.

Als die Tochter geheiratet hatte, nach Amerika ausgewandert war und seitdem nichts mehr von sich hören ließ, kam die Mutter eines Tages mit einem Goldfisch nach Hause.

Es schien, als wollte sie damit etwas gutmachen. Von da an war das alte Aquarium wieder belebt – jedes Jahr von einem neuen Bewohner. Denn Emma hatte auch weiterhin keine glückliche Hand mit Fischen – selbst nicht bei solchen, von denen man sagte, sie ließen sich falsche Behandlung gefallen.

Später hätte die alte Dame am liebsten noch andere, gesprächigere Gesellschaft gehabt. Kam sie sich doch schrullig vor, wenn sie beim Füttern mit einem Schleierschwanz redete, den sie zur Abwechslung erworben hatte, und der ebensowenig zu sagen wußte wie seine verschiedenen Vorgänger. Sie tröstete sich indessen mit der Überlegung, daß man schließlich sogar mit Pflanzen sprechen sollte und deren Reaktion noch weniger spürbar blieb.

Mit einem Hund hätte sie sich am besten unterhalten können. Sie hatte genügend Beispiele beobachtet. Er hätte sicher sogar ihre Sympathie erwidert, Gefühle, die sie durch ihr eigenes, distanziertes Verhalten ihr Leben lang nicht hatte aufkommen lassen. Aber ein Hund wäre gewiß zu fordernd gewesen, hätte ihre gewollte Unabhängigkeit eingeschränkt. Katzen waren eigenständiger, wie sie gesehen und gehört hatte. Aber dann hätte sie das Aquarium von dem niedrigen Tischchen nehmen müssen, auf dem es seit der Kindheit ihrer verschollenen Tochter stand und auf dem es stehenbleiben sollte. Auch das wußte man ja: Katzen mögen Fisch, egal ob aus der Dose oder frisch.

So änderte sich nichts bis zu jenem Abend, an dem sie vom Fenster aus die Sperlinge beobachtete, die sich im Garten um ein paar Krumen stritten. Sie unterbrachen ihre Balgerei auch nicht, als die weiße Katze an ihnen vorbei aufs Haus zulief. Emma war von dem ungewöhnlichen Vorgang so beeindruckt, daß sie die Tür öffnete und die Katze hereinließ, ohne an den stummen Untermieter im Glasbehälter und die Gefahr für ihn zu denken.

Die Katze schritt an ihr vorüber, als kenne sie sich aus und komme gerade von ihrem täglichen Spaziergang heim. Auf dem Teppich mitten im Wohnzimmer legte sie sich hin – in nächster Nähe des Aquariums. Der Schleierschwanz zeigte keinerlei Unruhe und wühlte weiter im Boden seiner Bleibe.

»Du bist eben doch nur ein dummer Fisch!« sagte Emma zu ihm. Statt seiner antwortete die fremde Besucherin. Mit einem »Miiienz«, das sich wie eine Verneinung anhörte, sprang sie auf das Tischchen. Leicht und elegant, und ohne die gläserne Wand zu berühren – nicht um zu erkunden, was dahinter herumschwamm, sondern um der Hand der alten Dame näher zu sein, der sie sich schmeichelnd entgegendrängte. Emma vergaß, daß sie eine starke Frau war, die ein Leben lang auf ihre Haltung geachtet und niemals momentanen Regungen nachgegeben hatte. Sie beugte sich zur Katze hin und berührte mit der Stirn ihr Gesicht. Das Tier erwiderte die Liebkosung und begann auf eine Weise zu schnurren, daß es Emma vorkam, als vernähme sie eine lang vermißte, vertraute Stimme.

Die Katze blieb, und im Haus breitete sich eine eigene Heiterkeit aus, war es der Besitzerin doch, als sei es von hellerem Licht erfüllt als je zuvor. Sogar den Nachbarn fiel die Beschwingtheit auf, mit der die alte Dame neuerdings an ihnen vorüberging, die Fröhlichkeit, mit der sie ihren Gruß beantwortete. Schien sie vorher von einer krustigen Schale umgeben zu sein, so war diese aufgebrochen.

Ihre Nachbarn bemerkten, daß sie es jedesmal besonders eilig hatte, in ihr Haus zurückzukehren, wenn sie von einer Besorgung kam. Jemand äußerte sogar den Verdacht, sie habe sich auf ihre alten Tage noch einen Liebhaber genommen und halte ihn bei sich versteckt. Emma ahnte nichts davon. Wäre ihr ein solcher Verdacht zu Ohren gekommen, hätte sie den Gerüchteverbreiter zur Rede gestellt – oder einfach nur ausgelacht. Sie war glücklich.

Daß kein Außenstehender den Hausgast zu Gesicht bekam, war nicht verwunderlich, ließ er sich doch erst die Tür nach draußen öffnen, wenn es schon dunkel wurde. Zurück kehrte er vor Tagesanbruch, wobei er von der zweiten Nacht an das offengebliebene Kellerfenster benutzte. Dessen Gitter bildeten für die schlanke weiße Kätzin ebensowenig ein unüberwindbares Hindernis wie für den jungen schwarzen Kater, den sie eines Tages mitbrachte.
Allerdings verlief seine Einführung nicht so reibungslos wie das Erscheinen seiner Patin, die von der alten Dame gleich in der ersten Stunde als Teil ihrer selbst empfunden worden war. Daß Emma die Erstgekommene einen Engel, den Nachzügler dagegen trotz seiner Putzigkeit einen kleinen Teufel nannte, hatte eine Vielzahl von Gründen.
Kaum war Teufelchen erschienen, bestätigte es die alte Befürchtung, daß das Verhältnis zwischen Katze und Fisch im allgemeinen dem zwischen Katze und Maus ähnelt. Emma wäre zu spät gekommen, wenn der gute Geist des Hauses den kleinen Kater nicht in letzter Sekunde vom Aquarium vertrieben hätte. Mit der Vorderpfote war er schon dabei, im Wasser zu angeln, als die große Katze ihn vom Tischchen herunterfegte. Beim zweiten Versuch bekam er eine regelrechte Ohrfeige und verzog sich schmollend unters Sofa. Eine Stunde später hatte er die Lektion vergessen und probierte es ein drittes Mal. Jetzt war Emma jedoch gewarnt und auf der Hut. Sie blockierte seine Absprungstelle und ließ sich auch von seinem empörten Fauchen nicht beein-

drucken. Daraufhin ließ er ab und verhielt sich ruhig, allerdings nicht lange. Das Stubenfenster stand offen, und der Vorhang bewegte sich im Luftzug. Was Katerchen auf die Idee brachte, man könnte ihn als Schaukel benutzen. Ein Einfall, den die erschreckte Gastgeberin ebenfalls zu unterbinden suchte.

Denn während man anderswo Katzen schon in der Jugend die vorderen Krallen zieht, damit sie mit ihnen keinen Schaden anrichten können, behalten sie hierzulande ihre Nägel, weil man eine solche Prozedur als Quälerei betrachtet. Teufelchen war also durchaus in der Lage, sich an den Maschen des Stores festzuhalten und bis zur Querstange hochzuklettern. Als endlich eine Leiter zur Stelle war, hatte sich der Kletterer in den Maschen verfangen und mußte mit Gewalt herausgelöst werden. Die Aktion endete mit einem Loch in der Gardine, und Emma mußte sich ein Pflaster im Bad besorgen.

Der nächste Zwischenfall war sicher nicht allein die Schuld des Kleinen. Warum hatte die Hausfrau nach dem Frühstück auch nicht weggeräumt, was nicht mehr gebraucht wurde! Sie hätte wissen müssen, daß neugierige Katzen untersuchen, was ihren Wissensdrang anspricht. Und halbvolle Honiggläser sind nun einmal ebenso verlockend wie Sahnekännchen. Wenn man an ihrem Inhalt starkes Interesse hat, aber keine Finger zum regulären Ausgießen, muß man das tun, wozu man fähig ist: Man kippt sie und kann danach genüßlich vom Inhalt naschen! Daß das Kännchen dabei zu Bruch geht, nimmt man als Katze gern in Kauf. Die süße Honigklebe am Bauch und an den Pfoten kann man hinterher seelenruhig ablecken. Selbstverständlich, nachdem man es sich auf dem Sofa bequem gemacht hat. Leider zeigen manche Menschen dafür kein Verständnis und tun so, als habe man ein Verbrechen begangen.

Überhaupt neigen Leute, die bis dahin mit Katzen wenig zu schaffen hatten, auch noch zu anderen Fehlern. Zum Beispiel schließen sie die Fenster, damit wehende Stores nicht zu weiteren Turnübungen verführen – und vergessen, daß Katzen zwar von Anfang an stubenrein sind, dazu allerdings eine ihren Bedürfnissen entsprechende Einrichtung benötigen. Da Emma diese Erfahrung mit der Kätzin nicht sammeln konnte, war ihr Schock um so größer, als sie die Beweise einer übermäßig gut funktionierenden Verdauung an verschiedenen Plätzen im Haus fand. Ihre lautstarke Beschwerde beim Verursacher bewirkte einen gleichermaßen verständnislosen wie irritierten Blick. Sie konnte nicht anders, als sich zu entschuldigen und den kleinen Kerl tröstend in den Arm zu nehmen.

Ließ sich der Schaden bis dahin jedesmal in verhältnismäßig kurzer Zeit beheben, so hielt die Wirkung einer anderen Tätigkeit länger vor. Dabei war das, was Emma anfangs als schlechtes Benehmen ansah, nur der natürliche Trieb eines Katzenmännchens, das frühzeitig damit beginnt, sein Territorium zu markieren.

Die Schärfe seines Sekrets empfinden nur Artfremde als störend. Auch daß der an mehreren Wänden hinterlassene Duft manchem milden Reinigungsmittel widersteht, hat die Natur absichtlich so eingerichtet. Mit der

Zeit wird er von selbst schwächer, wenn derjenige, der den Bereich für sich proklamiert hat, nicht nachlegt oder durch einen Eingriff von außen die Fähigkeit dazu verliert.

Als Kätzin und Kater eines Morgens von ihrer nächtlichen Exkursion nicht zurückkamen, erkannte Emma, daß sie *beide* vermißte. Wohl hatte die Turbulenz, die durch Teufelchen entstanden war, die friedliche Harmonie zwischen ihr und der weißen Katze überdeckt. Doch empfand die alte Dame nunmehr, daß gerade die Aufregungen der letzten Wochen, der Übermut des Kerlchens, die Ungewißheit, was es als nächstes anstellen würde, ihrem Alltag eine Würze gegeben hatte, die ihr fehlte.

So fühlte sie eine große Erleichterung, als der ungebändigte Knirps endlich wieder auftauchte. Er hockte vor dem Fenster, das inzwischen wieder meist offenstand. Daß er den Hochsprung nicht wagte, mochte sowohl an seiner noch nicht ausreichenden Sprungkraft liegen wie auch an der schlechten Erfahrung mit dem innen hängenden Vorhang. Immerhin war wenigstens seine Stimme kräftig genug, um die Hilfe herbeizurufen, die ihn durch den regulären Eingang für immer ins Haus ließ.

Diejenige, die ihn eingeführt hatte, wurde von Emma nur noch einmal gesehen. Sie saß auf dem Briefkasten, in dem die alte Dame ein Lebenszeichen ihrer verschollen geglaubten Tochter fand.

Vom Mitleid zur Toleranz

Es heißt, daß Gott den Menschen schuf, damit er sich die Erde untertan mache. Und daß er ihm die Tiere beigab, um die Erde um viele Arten zu bereichern. Der Mensch nahm die Aufgabe wörtlich. Begnügte er sich zunächst mit der Jagd, um seinen Hunger zu stillen, so begann er bald mit der Katalogisierung von allem, was da kreuchte und fleuchte. Er entschied, was nützlich für ihn sein konnte, und er verwarf, was ihm fremd blieb. Mit der Zeit hatte der Mensch die Welt in Gut und Böse geteilt. Gut war er selbst, böse alles, dessen er nicht Herr werden konnte oder das gar Gefahr für ihn bedeutete. Giftige Schlangen gehörten dazu, Panzerechsen, Nashörner; Tiere, die ihm an natürlicher Kraft und Schnelligkeit überlegen waren. Tiger, Leoparden und Löwen, denen er mit seinem weiter entwickelten Verstand und Hilfsmitteln auf den Leib rückte.

Er rodete ganze Subkontinente, legte Sümpfe trocken, vergiftete Flüsse und Meere und nahm mancher Art, während er seinen eigenen Lebensraum immer mehr ausdehnte, die Bedingungen zum Weiterleben. Als Teil seines Alibis schuf er den Begriff des Untiers, des Biestes – in Gestalt von Sauriern, überdimensionierten Affen und menschenfressenden Krokodilen. Wobei es keine

Rolle spielte, ob es diese Kreaturen noch gab oder ob sie ohnehin schon vom Aussterben bedroht waren. Gleichwohl definierte sich der Mensch auch weiterhin als gut, obwohl er längst nicht mehr nur tötete, um zu überleben.

Diese Geschichte spielt in unserer Zeit im Südosten des Kontinents. Dort, wo Glauben und Tradition sich jahrhundertelang voneinander entfernten. Wo nach dem Fortfall einer starken, ordnenden Hand blanker Haß die Oberhand gewann. Wo schließlich Stamm gegen Stamm, Nachbar gegen Nachbar, befreundete Familien zu Feinden wurden. Es ist die Geschichte aus den ersten Jahren eines Krieges, in dem es noch drei Parteien gab, die sich untereinander zerfleischten, ehe sich zwei von ihnen gegen den dritten, den eigentlichen Angreifer, zusammentaten.

Es ist eine Geschichte, die in keiner Zeitung stand, in keinem TV-Magazin erwähnt wurde. Was in jenem Gefangenenlager geschah, fiel nicht einmal all denen auf, die dabeiwaren und dadurch vielleicht überlebten. Nur wenige würden sich später erinnern, wenn ihre Tage endlich wieder in normalen Bahnen verliefen. Wenn sie es ihren Kindern oder Enkeln erzählten, konnte es wie ein Märchen aus einer fernen Zeit klingen.

Die Aufseher im Lager machten sich nichts daraus, daß die Gefangenen einander spinnefeind waren. Es hatten sich zwei Gruppen gebildet: auf der einen Seite die Christen, auf der anderen die Muslime. Auch unter den Bewachern waren Anhänger beider Glaubensrichtungen, doch überdeckte ihre Nationalität die Religion und hielt sie zudem im Kampf für ihren um Eigenständigkeit ringenden jungen Staat zusammen. Sollten sich die hinterm Stacheldraht ruhig gegenseitig die Köpfe einschlagen. Ein paar Insassen weniger bedeutete weniger Arbeit. Und genau darauf lief es hinaus. Einige der jüngeren, kräftigeren Gefangenen taten sich besonders hervor. Sie hatten sich zu Sprechern der übrigen gemacht und heizten das Klima bei jeder sich bietenden Gelegenheit an. Ein geschickter Agitator findet schließlich überall Gefolgsleute.

Bei den Christen konkurrierten Marek und Nenad um die Führung und übertrafen sich in Bekundungen ihrer Überlegenheit. Für die Muslime sprach Mehmet gegen die Unterdrücker diesseits und jenseits des Stacheldrahts. Goran, der Unteroffizier, dem das Lager unterstand, beobachtete mit Häme die Entwicklung. Sie eskalierte immer mehr und würde zwangsläufig in Mord und Totschlag enden. Denn zwischen den Baracken der beiden Gruppen gab es nur einen gespannten Draht, den man leicht übersteigen konnte.

Die weiße Katze, die neuerdings durch das Lager schlich, machte einen ähnlich erbärmlichen Eindruck wie die meisten Internierten. Wahrscheinlich hatte sie seit Tagen nichts Richtiges mehr zu essen gefunden und wechselte nun auf der Suche nach Nahrung ohne Beachtung der brüchigen Demarkationslinie von einer Seite zur anderen. Die Mehrzahl der Lagerinsassen war bereits so abgestumpft, daß sie dem Tier zunächst keine Beachtung schenkte.

Ausgerechnet Marek, der sich am härtesten Gebärdende, lockte es zu sich und streichelte das matte Fell, unter dem sich die Rippen abzeichneten. Sein interner Konkurrent glaubte, Vorteile aus dem Vorfall ziehen zu können und machte sich lustig über den »Weichling«. Er wußte nicht, daß sich Marek an seine Kindheit erinnerte und an die Katze Mischka, die vor seinen Augen überfahren worden und auf seinem Arm gestorben war. Was er auch nicht spürte, war die plötzliche Aufmerksamkeit der Umstehenden, die durch das Verhalten des Anführers geweckt worden war und in Sympathie für ihn und das armselige Tier umschlug. Einer von ihnen holte das Stückchen Brot aus der Tasche, das er für die Nacht aufgehoben hatte, wenn ihn der knurrende Magen nicht schlafen ließ. Die Katze nahm die Liebesgabe scheinbar zögerlich, verschwand dann aber mit ihr hinter einer Baracke.

Daß sich die »Bestie Mensch« trotz ihrer Entwicklung zum zerstörerischen Wesen immer noch in einem entscheidenden Punkt vom wilden Tier unterscheidet, zeigte sich nunmehr in unserer Geschichte. Bei allem Leid und der Ungewißheit um das eigene Schicksal genügte ein Augenblick, um an diesem vergessenen Fleckchen Erde Mitgefühl und Erbarmen zu wecken. Wer aber Erbarmen fühlt und danach handelt, dem ist Liebe noch möglich. Und sei es nur die Liebe zu einer Kreatur, die offenbar der Hilfe derer bedurfte, die selbst Hilfe bitter nötig hatten.

Was auf der einen Seite geschah, blieb der anderen nicht verborgen. Als die Katze hinüberlief, hatte Mehmet einen seiner Gefolgsleute schon den Rest Käse holen lassen, den er als eiserne Reserve unter seiner Pritsche aufbewahrte. Tiere waren schließlich nicht weniger Allahs als Gottes Kinder. Der Gedanke an den kleinen Hund, der zu Hause bei der Familie zurückgeblieben war und der wie diese vielleicht gar nicht mehr lebte, war nur ein zusätzliches Motiv. Auf jeden Fall fühlte er sich besser, nachdem er die Katze hatte dazu bewegen können, sein Essen anzunehmen. Der triumphierende Blick nach jenseits des gespannten Drahtes, von wo aus man ihm zugesehen hatte, war wohl mehr unwillkürlich.

In der folgenden Zeit trat eine deutliche Besserung der Atmosphäre ein. Vorher waren die Gegensätze und Abneigungen kaum noch kaschiert worden, abfällige Zurufe und offene Drohungen gehörten zum Lageralltag, und schließlich wurde das erste Opfer der Feindseligkeiten mit einem Messerstich in der Brust aufgefunden. Mit dem Erscheinen der Katze war etwas anders geworden. Es gab plötzlich das Wissen, nicht mehr nur Objekt einer Macht zu sein, der man ohnmächtig ausgeliefert war. Man konnte ein anderes Leben beeinflussen, ihm helfen. Es war ein Gefühl, das das Beste in denen aktivierte, die passiv dahinvegetiert hatten – und in jenen, deren angestauter Haß kurz vor der Explosion gestanden war. Gleichgültige Hände hoben, geballte Fäuste öffneten sich. Es entwickelte sich eine Art Wettbewerb um die Versorgung der Katze, an dem sich auch manch einer beteiligte, der bis dahin nur an sich selbst gedacht hatte.

Dabei schien das Mündel einen sicheren Instinkt dafür zu haben, daß keiner der Gutmeinenden sich zurückgesetzt fühlen mußte. Zwar blieben die einzelnen Liebesgaben wegen der kärglichen Ration der Internierten winzig. Dennoch summierte sich ihre Vielzahl zu einer beachtlichen Menge, die dem abgemagerten Tier eigentlich seine normale Statur hätte zurückgeben müssen. Eigentümlicherweise geschah das nicht.
Die Katze pendelte weiterhin zwischen den aufgeweichten Fronten im Lager und sammelte Futter, ließ sich hätscheln und hatte für fast alle ein freundliches Schnurren. Nur wenigen ging sie aus dem Weg. Nenad gehörte dazu, Mareks Konkurrent, dem es täglich schwerer fiel, seinen Groll zu unterdrücken, und Goran, der Anführer der Wache. Nenad war es auch, der dem »Spuk«, wie er es nannte, ein Ende zu bereiten gedachte. Es brauchte nicht viel Mühe aufzuwenden, um Goran davon zu überzeugen, daß es ein Spaß wäre, die Katze zu fangen, die frei im Lager herumlaufe und die die Gefangenen leicht auf dumme Gedanken bringen könne.
Zu der Treibjagd wurde der gesamte diensthabende Teil der Truppe zusammengezogen. Auf der Suche durchkämmten sie das Lager – ohne Ergebnis. Irgendwie war die Absicht bekanntgeworden. Dort, wo sich die Gesuchte für gewöhnlich aufhielt, hatte sich eine größere Ansammlung von Leuten gebildet, die scheinbar interessiert dem Aufgebot zusahen. Nur Nenad fiel auf, daß es eine gemischte Gruppe aus Angehörigen beider Lagerseiten war, die da friedlich zusammenstand. Muslime und Christen waren es auch, die Nenad am nächsten

Morgen gemeinsam zur Krankenstation trugen. Es sollte nie aufgeklärt werden, wer ihn in der Nacht zusammengeschlagen hatte.

Da die Regierungen von zwei der drei Parteien im Lande bald darauf eine Koalition eingingen, wurden die muslimischen Gefangenen kurze Zeit nach dem Vorfall entlassen. Die Zurückbleibenden bekamen die Katze noch einige Male zu Gesicht. Es schien ihnen, als habe sie sich von heute auf morgen verändert. Ihr weißes Fell leuchtete in der Sonne, und auch die heraussstehenden Rippen waren nicht mehr zu sehen. Marek verstieg sich sogar zu der Behauptung, selbst seine Mischka sei nicht so schön gewesen.

Die Katze der Sklavin

Es heißt, daß Katzen keine Trauer zeigen – oder doch nur auf eine Weise, die so subtil ist, daß wir sie nicht wahrnehmen. Selbst denen, die ihnen besonders nahestehen, gelten Tränen einer Katze meist als etwas, das Romantiker ihnen andichten. Ein leises Fiepen mit einem vom Lärm der Umwelt oft übertönten Stimmchen – seltener noch ein artikuliertes Aufbegehren – billigen ihnen sogar passionierte Katzenfreude, die es wissen sollten, als bemerkenswertesten Ausdruck von Unbehagen oder Kummer zu.

Bei Hunden nimmt man dagegen viel eher große Leidensfähigkeit wahr und erkennt bereitwillig die Beweise dafür. Der Mischling, der am Autobahnrastplatz ausgesetzt wurde und der seiner Familie, die seiner überdrüssig gewesen war, durchs halbe Land folgt, findet die Beachtung einer breiten Öffentlichkeit. Der Collie, der einem Mädchen gehört, das schwer krank ist, und der während der Krankheit jegliche Nahrung verweigert, rührt die Herzen nicht nur der Tierfreunde.

Die Geschichte des treuen Schnauzers, dessen Herr starb und erst aus der Wohnung getragen werden konnte, nachdem man seinen ihn bewachenden Hund betäubt hatte, fand ein Echo in den Medien. Die Notiz über den Pudel, der Frauchens Grab findet und sich darauf niederlegt, obwohl er es eigentlich gar nicht kennen kann, nimmt man mit Rührung zur Kenntnis. Das Mitfühlen und -leiden einer Katze dagegen wird von einer großen Mehrheit noch immer in Frage gestellt. Und doch können Katzen weinen!

Vor mehr als 3000 Jahren, als das ägyptische Weltreich im Zenit seiner Macht stand und Königin Hatschepsut regierte, lebte in einer der nubischen Provinzen eine Sklavin, die ihrem dortigen Statthalter gehörte. Er war ein mächtiger Mann, denn er hatte eine Tochter der Königin zur Frau. Als Herrscher in seinem Bereich gebot er über Leben und Tod derer, die ihm dienten, wie es damals üblich war.

Indessen wäre es nicht richtig, ihn wegen seiner bekannten Strenge unangemessener Härte zu bezichtigen. Er war das Gesetz, und das Gesetz wollte Gerechtigkeit. Der Tod war die Konsequenz nur für solche, deren Tat keine andere Strafe zuließ. Allerdings wurden Vergehen schwerer bemessen als in späteren Jahrtausenden, in denen andere Staatsformen und Religionen das Rechtswesen bestimmten.

Der Glaube kannte in jener Zeit am Nil viele Ortsgottheiten in der Gestalt von Tieren. So galt zum Beispiel die Katze als heilig. Daß der Herrscher seiner Lieblingssklavin eine weiße Katze schenkte, war darum ein besonderes Zeichen seiner Huld und seines Vertrauens. Samira liebte ihn dafür. Aber mit der Zeit liebte sie ihre Katze noch mehr. Jede freie Stunde widmete sie dem wunder-

schönen Tier, das ihre Herzlichkeit erwiderte. Bald wurde im Palast gemunkelt, der Regent habe mit dem Geschenk sich selbst einen Nebenbuhler geschaffen.
Sein Gerechtigkeitssinn verbot dem Herrscher jedoch, der Sklavin die Katze wieder wegzunehmen. Wahrscheinlich sah Samira in ihrem einfachen Gemüt in dem Tier die Reinkarnation einer Gottheit. Ihre Verehrung war demnach eine andere als die ihm gegenüber noch immer gezeigte Zuneigung. Gleichwohl nagten die Zweifel an ihm, verstärkt durch spöttische Bemerkungen von Neidern und listige Fragen seiner Gemahlin, die schon länger einen geheimen Haß gegen die jüngere Rivalin hegte. Mit der Zeit änderte sich sein Verhalten zu Samira, und wenn er sie zu sich rief, beeinflußte sein zunehmendes Mißtrauen seine Zärtlichkeit. Schließlich verbot er ihr, die Katze mitzubringen, wie sie es anfangs getan hatte. Sie deutete seine offensichtliche Eifersucht zuerst als Beweis seines starken Gefühls und tröstete sich damit, daß er sie allein besitzen und nicht teilen wollte.
Doch geschah es bald immer öfter, daß er sie in einem Moment leidenschaftlich umarmte, um sie im nächsten von sich zustoßen. Dann erinnerte sie sich ihrer Vorgängerin, die eines Tages aus geheimnisvollen Gründen seine Gunst und ihr Leben verloren hatte. So wuchs eine unbestimmte Furcht in ihr, die sie zu ihrer Katze flüchten und ihr von ihrer Sorge erzählen ließ. Deren stille Aufmerksamkeit und ihr Verständnis signalisierendes Anschmiegen erleichterten die empfundene Last ein wenig.

Bis zu dem Morgen, an dem ihr eine ihr gewogene Dienerin die Warnung zukommen ließ: Die Gemahlin des Regenten habe ihn davon überzeugt, daß sich Samira einem anderen zugeneigt habe. Der Herrscher habe lange gezögert, sich aber endlich überreden lassen und beschlossen, sie zu bestrafen. Das Ausmaß der Strafe sei noch nicht bekannt, die Entscheidung darüber werde aber schon bald fallen. Wahrscheinlich werde man die des Treuebruchs bezichtigte Favoritin in ein Verlies werfen und dort verschmachten lassen.
In der nächsten Nacht wartete Samira, bis sie davon ausgehen konnte, daß alle im Palast schliefen. Sie nahm nur ihre Katze mit. Dabei hatte sie Glück. Der Wächter, an dem sie vorbeimußte, sah weg. Er hatte sie gern, vielleicht sogar ein bißchen mehr als nur gern. Obwohl er es nie gewagt hätte, dies der Lieblingssklavin seines Herrn zu gestehen. Er meldete die Flucht erst gegen Morgen, als er annahm, die Entflohene sei weit genug gekommen und in Sicherheit.
Leider irrte sich der Sympathisant. Die Katze hatte gleich, nachdem sie den Palast verlassen hatten, wie selbstverständlich die Führung übernommen. Samira verließ sich ganz auf den Instinkt des Tieres, das sie auf verschlungenen Pfaden aus dem Umfeld der Residenz leitete. Zu der frühen Stunde begegneten sie keinem Menschen.
In einer Lehmhütte unweit des Stromes fanden sie Unterschlupf. Die Katze kuschelte sich in eine Handvoll Stroh, die Entflohene legte sich auf die gestampfte Erde und schlief erschöpft ein.

Bei Anbruch des Tages wurde das Tier unruhig und verschwand. Als es zurückkam, war es nicht allein. Der Fellache, dem die Hütte gehörte, folgte dichtauf. Der Mann wunderte sich über die seidenen Kleider der jungen Frau, begnügte sich jedoch mit der üblichen Frage nach ihrem Wohin und Woher. Mit der Antwort, sie sei auf dem Weg zu ihrer Familie flußabwärts, gab er sich scheinbar zufrieden. Als kurz darauf die Reiter kamen, gab er sie preis.

Die Entflohene wurde zurückgebracht und in einen fensterlosen Raum unter der Erde gestoßen. Die Katze übergab man der Obhut einer anderen Sklavin. Samira sollte sie nicht mehr sehen bis zum Tag ihrer Hinrichtung. Die einstige Favoritin erwartete keine Gnade. Sie wußte ja, daß Flucht aus dem Haus des Herrn nach dem gültigen Gesetz mit dem Tode geahndet wurde. In der endlosen Spanne ihres Harrens im Dunkeln sehnte sie sich nur nach ihrer Katze, deren Schicksal sie nicht kannte.

Am Tag ihres Todes wurde sie auf den öffentlichen Platz vor dem Palast geführt, wo man sie vor den Augen der gaffenden Menge dem tödlichen Biß der Viper überlassen würde. Zuvor erlaubte man ihr einen letzten Wunsch. Der Regent hatte sich plötzlich seiner besten Zeit mit ihr erinnert. Samira dachte auch in diesen letzten Minuten mehr an ihre weiße Freundin als an ihr eigenes Geschick. Sie bat darum, die Katze zu schonen. Und sie vergaß dabei, daß diejenige, der ihre Bitte galt, im Reich der Ägypter ohnehin tabu war, konnte doch die Seele eines Verstorbenen in ihr leben.

Als man sie an Glauben und Sitte erinnerte und sie daraufhin um die Gunst bettelte, sich von dem geliebten Wesen verabschieden zu dürfen, brach die Menge in Gelächter aus. Doch sie bestand auf ihrer Bitte. Der Hofbeamte, der mit dem Vollzug der Strafe betraut war, stellte den Korb mit der Giftschlange auf den Boden und wandte sich zur Tribüne. Dort saßen unter einem Baldachin der Herrscher, seine Gemahlin und einige enge Berater, um dem Schauspiel zuzusehen.
Die Gattin des Regenten lächelte höhnisch, und die Hofschranzen schlugen sich vor Vergnügen auf die Schenkel, als der Beamte seinen Herrn fragte, ob der Verurteilten ihre Katze zum Abschiednehmen gebracht werden dürfe. Einer rief der um die Entscheidung Bangenden unter dem Beifall der Menge zu: »Deine Katze? Du hast keine Katze mehr. Und du brauchst sie auch nicht mehr. Sie hat jetzt eine neue Herrin und dich längst vergessen. Wünsche dir lieber etwas Vernünftiges – außer deiner Begnadigung natürlich!« Der oberste Richter urteilte indessen anders: Der Sklavin sei ihr Wunsch zu gewähren.
Und so geschah es. Nur wie es geschah, entsprach ganz und gar nicht den Erwartungen der Zuschauer. Als man die Katze nämlich in die Nähe ihrer Freundin brachte, entwand sie sich dem sie tragenden Arm und eilte zu der Todgeweihten. Samira hob sie mit ihren gefesselten Händen auf und drückte das Gesicht gegen das ihre. Sekunden waren es, die wie die Ewigkeit erschienen. Die Sklavin dankte der Freien für ihre Treue und versprach, sie wiederzusehen in einem Leben danach.

Im Augenblick des größten Schmerzes begann die Katze zu weinen. Es war kein menschliches Schluchzen, nicht hündisches Heulen, nicht laut artikulierte Verzweiflung. Ihre Augen füllten sich mit stillen Tränen, und zwei davon fielen auf die gebundenen Hände.
Vor dreieinhalbtausend Jahren wußten die Menschen dieser Erde noch nichts von Engeln – und schon gar nichts von Schutzengeln. Doch war es gerade ein solcher, der mit seinen Tränen den Herrscher rührte. Denn dieser war von dem offenkundigen Schmerz der Katze so beeindruckt, daß er sein Urteil augenblicklich revidierte und es den beiden freistellte, zu bleiben oder zu gehen, wohin es sie zog.

Ein Heim für Streuner

In der großen Stadt streunten unzählige Katzen. Sie vermehrten sich ständig, denn unter ihnen befand sich eine Menge unkastrierter Kater, die anscheinend nichts anderes taten, als nach rolligen Kätzinnen Ausschau zu halten. Die vielseitige Verästelung der Stammbäume, das Kreuz und Quer der eingegangenen Verbindungen, brachten es zudem mit sich, daß ihr Nachwuchs aus einem besonders widerstandsfähigem Rassenmix bestand.

Mischlinge waren nun einmal – auch ohne besondere Pflege – gegen Krankheiten besser gefeit als manches reinrassige, edle Zuchtexemplar. Von frühesten Kindheitstagen an mit den Gefahren der Straße vertraut, vermieden sie außerdem eher die Konfrontation mit Rädern und Karosserien, denen gutbehütete Hauskatzen ohne praktische Erfahrungen gewöhnlich leicht zum Opfer fallen.

Die zuständige Behörde der Stadt schätzte die Zahl der Freiläufer auf mittlerweile mindestens 4000. Die Kapazität der Tierheime war erschöpft. Der Versuch, die Population einzudämmen, war am Protest der Tierschützer gescheitert. Der Antrag im Stadtrat, ein paar Arbeitslose als Katzenfänger einzustellen, damit sie wenigstens die männlichen Herumtreiber dingfest machen und zur Zwangssterilisation ins Veterinäramt bringen könnten, fand aber auch deshalb keine Mehrheit, weil das Geld dafür fehlte. Die Kassen waren leer wie überall in einer Zeit steigender Kosten und spärlicherer Einnahmen.

Lieselotte Wohlfarth war alleinstehend, brauchte sich um keinen Menschen zu sorgen und hatte die Zeit und genug Mittel, um ein Tierasyl aktiv zu unterstützen. Sie half herrenlosen Vierbeinern, ein neues Zuhause zu finden, und ließ manche Banknote für die Behandlung bedürftiger Patienten beim Tierarzt.

Als sie von einem kleinen Haus erfuhr, das leer stand, mietete sie es für ein paar Katzen, die das Tierheim nicht mehr aufnehmen konnte. Sie schränkte ihre Arbeit dort ein und widmete sich vorwiegend ihren neuen Schützlingen, einem Sammelsurium von Streunern – vom vitalen Jüngling bis zum alten Veteranen, der den nächsten Winter auf der Straße wohl kaum überlebt hätte.

Wer zu sterilisieren oder auch nur zu impfen war, erfuhr die beste Behandlung, Verletzungen wurden ohne Rücksicht auf die Kosten geheilt. Und das änderte sich auch nicht, als die Zahl der Untermieter auf mehr als zwei Dutzend anstieg, als die erste Kritik aus der Nachbarschaft laut wurde oder als eine Wohngemeinschaft das »ungenutzte« Haus besetzen wollte.

Den Angriff der Besetzer wehrte sie ab, indem sie der herbeigerufenen Polizei ihren gültigen Mietvertrag vorhielt und dazu einige Belege dafür, wieviel eigenes Geld sie in das Gebäude gesteckt hatte. Die Bemerkungen der

Nachbarn überhörte sie einfach. Doch sollte das Folgen haben. Denn sie taten sich mit einem Mietinteressenten zusammen und strengten eine Zivilklage an.
Gemeinsam mit dem Hausherrn wurde Lieselotte Wohlfarth bezichtigt, sich »unsozial« zu verhalten, indem sie den von bedürftigen Zweibeinern dringend benötigten Wohnraum sachfremd besetzten. Außerdem sei das Haus als Tierheim nicht zugelassen, und seine Bewohner störten vor allem nachts an den geöffneten Fenstern die Ruhe der Anrainer.
Der Richter, der den Fall zu verhandeln hatte, war im Grunde kein Tierfreund. Dazu hatte der Hund, dem er nicht gefallen hatte, zu fest zugebissen. Außerdem wurde er im Sommer zu oft vom Geschrei liebestoller Kater und ihrer Gespielinnen geweckt, wenn er gerade eingeschlafen war. Als seine eigene kleine Tochter ein Kätzchen heimbrachte, mußte sie es dorthin zurückbringen, wo sie es gefunden hatte.
Die Chancen unserer Katzenfreundin standen also von vornherein nicht zum allerbesten. Zumal die Justiz dem Urteilsprechenden in einem solchen Fall einen gewissen Spielraum ließ und der mit im Spiel befindliche Vermieter ein unsicherer Kandidat war. Denn würde es darum gehen, andauernden Ärger zu vermeiden, wäre es für ihn am einfachsten, den Mietvertrag nicht zu verlängern. Obwohl er für das alte Mauerwerk wohl kein zweites Mal einen Mietvorschuß für ein ganzes Jahr erhoffen durfte.
Am Abend vor der Verhandlung sah der Richter in seinem Arbeitszimmer die Akten durch, mit denen er es am

anderen Tag zu tun haben würde. Er bemühte sich stets, schon im Vorfeld einer Sitzung über die Standpunkte der Parteien informiert zu sein, noch ohne sich eine eigene Meinung zu bilden. Daß ihm dies nicht immer gelang, erinnerte ihn an seine Unzulänglichkeit. Eigentlich hätte er den betreffenden Fall am liebsten wegen Befangenheit abtreten wollen. Doch ließ die Prozeßordnung seinen Rücktritt aus diesen Gründen nicht zu. Die Klage gegen Lieselotte Wohlfarth und in zweiter Linie gegen den Hauswirt war ein schwieriger Fall. Was letzteren betraf, so spürte der Richter die Neigung, ihn für einen Spekulanten zu halten, der abwarten wollte, bis der Wert seines Grundstücks so weit gestiegen war, daß er beim Verkauf den Gewinn maximieren konnte. Nebenbei machte er wohl durch den befristeten Vertrag mit der Beklagten eine leichte Mark.

Bei ihr handelte es sich nach Meinung dessen, der Recht sprechen sollte, um eine Frau, die entgangene Liebe mit der Abhängigkeit und Zuneigung ihrer angesammelten Menagerie kompensierte. Er hielt sie für versponnen und ihre Aktivität für übertrieben. Er bedauerte, die soziale Komponente, die Wohnraumnot, nicht werten zu können und sich auf die vordergründigen Aspekte des Streits beschränken zu müssen.

Bei solchen Gedanken mußte er wohl eingenickt sein, wie öfter abends, seit seine Frau zu früh von ihm gegangen war und seine Tochter geheiratet hatte. Er wachte davon auf, daß sich die Dämmerung im Raum erhellt hatte. Der Schein kam nicht von der Schreibtischlampe, die noch nicht eingeschaltet gewesen war. Die Lichtquelle befand sich am Fenster hinter ihm. Als er sich umdrehte, sah er dort eine weiße Katze sitzen. Sie blickte ihn mit großen Augen an. Er meinte, einen Wehlaut zu hören, bevor sie zu schrumpfen begann und in wenigen Sekunden ins Nichts zerschmolz. Er erhob sich und ging zum Fenster. Von der Erscheinung war keine Spur übriggeblieben.

In der Nacht lag er lange wach und dachte nach. Am Morgen war er zu dem Ergebnis gekommen, daß er geträumt hatte. Er liebte gute Träume, denen er folgen konnte, und es machte ihm keine Mühe, sie zu vergessen, wenn sie obskur blieben oder ihn belastet hätten. Er beschloß, die sich auflösende Katze in der Schublade der vergessenen Phantasien zu verstauen. Am Vormittag während der Verhandlung kam sie jedoch wieder daraus hervor.

Während die Anwälte Plädoyer und Einrede vortrugen, stand ihm wieder das Bild der Katze am Fenster vor Augen, und er hatte Mühe, sich auf die sachlichen Inhalte zu konzentrieren. Die Kläger monierten die Zweckentfremdung von dringend benötigtem Wohnraum, die von den Katzen vor allem nachts verursachten Geräusche und die Verunreinigungen bei ihren Ausflügen auf angrenzende Grundstücke. Der Anwalt der Beklagten verwies erneut auf den Mietvertrag und das damit gesicherte Wohnrecht sowie auf die Prinzipien des freien Marktes. Lieselotte Wohlfarth appellierte leidenschaftlich an die Gegenpartei und bat um mehr Verständnis. Die überfüllten Tierheime könnten das Problem der Überpopulation nicht mehr allein bewältigen.

Daran vermöchten auch öffentliche Appelle und Hilferufe im Fernsehen nichts zu ändern. Zusätzliche private Initiativen wie die ihre seien nötig und verdienten Unterstützung. Der Hausbesitzer verzichtete aufs Wort. Der Richter zwang sich dazu, zuzuhören.

Er ordnete, um Objektivität ringend, einen Lokaltermin an. An Ort und Stelle würde er den abschließenden Eindruck gewinnen, den er brauchte, um Recht zu sprechen. Was er bis dahin herausfand, irritierte ihn noch mehr. Er spürte nämlich die Erleichterung, als ihm klarwurde, daß es sich bei der neuen Wohnstätte nicht nur um keine kommerzielle Einrichtung handelte, sondern daß sich auch weder das Wohnungsamt noch die Behörde für Gewerberaum für zuständig erklärten.

Die Begegnung bei der Ortsbesichtigung brachte eine weitere Überraschung. Er empfand sie wie einen Schock. Unter den Heimbewohnern gab es eine weiße Katze, in der er die Erscheinung am Fenster zu erkennen glaubte. Diese Empfindung wurde noch dadurch verstärkt, daß sie aus der Masse der anderen Tiere herausstach, obwohl alle ordentlich und keineswegs verwahrlost aussahen, wie es in der Klageschrift angedeutet worden war.

Der Richter fühlte das Besondere an ihr. Er wußte es nicht so recht zu deuten, aber es kam ihm vor wie eine Mahnung, diesen Ort unbehelligt zu lassen. Wieder gelang es ihm, sich selbst davor zu bewahren, daß er Zusammenhänge sah, die es gar nicht gab. Gleichwohl war sein gesprochenes Urteil, nach bestem Wissen begründet, von der Erkenntnis beeinflußt, daß auch Träume, die scheinbar sinnlos sind, Hinweise geben können.

Das umstrittene Haus durfte in derselben Weise weiterbenutzt werden. Die Mieterin verpflichtete sich, den Garten dahinter auf eine Weise einzäunen zu lassen, daß die vierbeinigen, nach einem Toilettenplatz suchenden Bewohner nicht mehr zur Nachbarschaft hinüberlaufen konnten. Außerdem sollten nachts Fenster und Dachluken geschlossen werden. So blieben die Schmachtrufe der noch nicht dem Veterinär vorgestellten Neuzugänge außerhalb des Hauses unhörbar.
Der Hausherr erklärte sich, nachdem die Presse über den Prozeß berichtet hatte, bereit, den Mietvertrag zu denselben Bedingungen auf drei Jahre zu verlängern.
Der Richter sah ein, daß die ihm tatsächlich begegnete weiße Katze ein Tier wie alle anderen gewesen sein mußte und mit der spukhaften Erscheinung in seinem Arbeitszimmer nichts zu tun haben konnte. Doch zwang ihn die Erinnerung, helfend einzugreifen.
Die Tierfreundin erhielt von da an regelmäßig Spenden von einem Unbekannten, die es ihr erlaubten, die sich selbst gestellte Aufgabe noch besser zu erfüllen.

Die Wandlung

Sie war eine Katzenfreundin, er ein Hundenarr. Ihre Birmanin verhielt sich loyal gegenüber Frauchen und zeigte ihm gegenüber keine besondere Sympathie. Ihr mangelndes Vertrauen in ihn hatte einen Grund: Er beschäftigte sich nämlich vor allem mit Benno, seinem Boxer, dem er jeden Wunsch erfüllte. Dieser wiederum unterstützte seinen Herrn in seinem Bemühen, dem Weibsvolk zu beweisen, wer im Haus das Sagen hatte.
Untereinander verkehrte die tierische Konkurrenz mit Distanz und – wenn sich diese einmal nicht einhalten ließ – mit Fauchen und Knurren. Die Lage entspannte sich nicht, weil die Aufsichtspersonen nichts taten, um Verständnis für die Vorliebe des andern zu demonstrieren. So war es nur eine Frage der Zeit, bis der Status quo in offene Fehde ausarten würde.
Die Redensart von Hund und Katz, die einander spinnefeind sind, entspricht nicht deren ureigener Neigung. Wo sie begründet ist, liegt es meist an denen, deren Einfluß die »liebsten Kameraden des Menschen« von der Stunde ihrer Geburt an unterliegen und deren Vorurteile sie übernehmen. Da, wo Katze und Hund miteinander aufgewachsen und aneinander gewöhnt sind, gibt es gemeinhin keine Probleme.

Dort, wo dem bis dahin alleinigen Mittelpunkt in der Familie ein zweiter, artfremder Hausgenosse beigegeben wird, wie in unserem Fall, liegt es am Menschen, ihn Toleranz zu lehren. Im vorliegenden Fall, wo der Waffenstillstand zwischen Birmanenkätzin und Boxerrüden brüchig war, gab es die Katze zuerst. Sie behauptete ihr Territorium, als der Hausherr den Hund brachte. Die Frau hatte für den Boxer nichts übrig, empfand sie doch allein schon seine tropfenden Lefzen als unappetitlich. Die Kätzin verhielt sich entsprechend. Sie krümmte den Buckel, stellte Haare und Schwanz auf und legte die Ohren an.

Benno, der Hund, spürte die Ablehnung, die ihm vom ersten Augenblick an entgegenschlug. Er reagierte mit dem gesamten ihm zur Verfügung stehenden Imponiergehabe. Sein Herr, der die beiden anderen Mitglieder der Familie zuvor nicht gefragt hatte, war ebenfalls beleidigt. Er hatte sie guten Glaubens überraschen wollen. Er hielt zu seinem Boxer, auch wenn er ihn zurückhielt, als er sich anschickte, seinen Platz mit Gewalt einzunehmen.

Der Heidenspektakel der ersten Stunde hatte sich gelegt. Doch schien seitdem auch das gute Einvernehmen zwischen den beiden Hauptverantwortlichen nicht mehr zu bestehen, weil keiner bereit war, nachzugeben. Was sich schon darin ausdrückte, daß Herr und Hund gemeinsam frühstückten, während sich die andere Partei zurückhielt. Mittags kochte die Hausfrau und aß in Gesellschaft ihrer Katze. Dabei blieb der Boxer ausgesperrt.

Sie füllte dem Hund pflichtgemäß, jedoch ohne ein aufmunterndes Wort Wassernapf und Futterschüssel. Seinen Meister behandelte sie nicht viel freundlicher. Ihm wärmte sie das Essen, wenn er abends nach Hause kam. Die Kätzin richtete sich nach ihrer Herrin, strafte Benno mit Nichtbeachtung und scharrte, wenn sie in der Nähe seines Essens war, verächtlich imaginäres Granulat darüber. Ihr Antipode revanchierte sich, indem er ihre Thunfischportion aufaß. Seitdem servierte Frauchen ihrem Liebling das Essen ganz hinten auf der Küchentheke – unerreichbar für Benno, selbst wenn er sich lang machte.

Eines Tages lernte die Birmakatze eine andere Katze auf der Straße kennen. Die beiden begegneten einander wie ihrem Spiegelbild. Allerdings glich die zweite weiße Kätzin der Birmanin nicht bis aufs allerletzte Haar. Sie war auch am verlängerten Rücken schneeweiß, während Bennos Rivalin dort noch leichte rötlichbraune Schatten aufwies, Reste der ursprünglich reinrassig dunkleren Farbe. Gleichwohl war der feine Unterschied nur vom kritischen Beobachter zu erkennen.

Die zwei verstanden sich, was bei felinem Getier gleichen Geschlechts nicht immer der Fall ist. Wo das Original in der folgenden Zeit blieb, in der das Ebenbild der Birmanin ihren Platz einnahm, sollte nie herauskommen. Denn diejenigen, die den Tausch hätten bemerken müssen, dachten an eine solche Möglichkeit überhaupt nicht. Frauchen machte die Liebe blind. Der Boxer hatte keinen Blick für farbliche Nuancen. Und das Familienoberhaupt hatte sowieso andere Interessen und

sah nicht genau hin, wenn es um die Katze seiner Frau ging.
Die echte Birmanin hatte es verstanden, dem rauhbauzigen Nebenbuhler und seinem Helfer aus dem Weg zu gehen, die Stellvertreterin dachte nicht daran. Sie trat zu ihnen in die Stube und tat, als seien sie alte Freunde. Sie setzte sich neben den Hund, wenn er fraß, und sah zu. Sie wich auch nicht zurück, wenn er glaubte, sie wolle ihm wegnehmen, was ihm gehörte, und sie anschnappte. Sie legte sich in seinen Korb und machte ihm bereitwillig Platz, wenn er ihn für sich beanspruchte, ohne sich an seinem Knurren und Zähnefletschen zu stören. Sie lief sogar neben ihm, wenn er mit Herrchen an der Leine ausging, und ließ sich von diesem nicht heimschicken. Sie schien zu wissen, wann die Ampel auf Grün wechselte, und brachte es fertig, eine Dogge für sich zu interessieren, die dafür den sonst attackierten ungeliebten Boxer unbeachtet ließ.
Überhaupt war es offensichtlich, daß sie die gewohnte Abneigung der männlichen Haushaltsmitglieder nicht nur einfach ignorierte, sondern ihnen im Gegenteil Zuneigung entgegenbrachte. Sie weichte die Fronten auf, und der objektive Beobachter wäre leicht zu dem Schluß gekommen, daß System in ihrer Methode steckte. Benno zeigte sich zuerst davon beeindruckt, bei seinem Herrchen dauerte es etwas länger. Frauchen wunderte sich, war aber mit der sich anbahnenden neuen Entwicklung zufrieden.
Zunächst entdeckte der Hund seine Sympathie, als die Katze ihm immer wieder glauben machte, daß sie ihn für

den Größten und Stärksten hielt. Zum Beispiel überließ sie ihm den Vortritt, wenn es läutete und er zur Tür raste. Kam Besuch, durfte er endlich allein im Mittelpunkt stehen. Sie hatte sich diskret zurückgezogen und war auch nicht auffindbar, wenn eine gewisse Person sie vorführen wollte.

Seine Zuneigung wuchs, als die Katze ihn einmal deckte, indem sie so tat, als habe sie seinen Fauxpas begangen. Dabei war eigentlich die Aufsicht daran schuld, daß er seinem übermächtig gewordenen Druck hatte in der Wohndiele nachgeben müssen. Warum hatte man ihn auch nicht rechtzeitig hinausgelassen! Als die Bescherung entdeckt wurde, war er jedenfalls verschwunden. Dafür hielt sich das andere Familienmitglied, das dafür noch in Frage kam, am Tatort auf und nahm die Rüge ohne Protest entgegen.

Seine Loyalität gewann sie danach endgültig, als sie ihren Eßnapf so weit an die vordere Kante der Küchentheke schob, daß er ihn selbst vom Boden aus noch erreichen konnte. Hunger schien sie selbst nicht zu kennen.

Das Haupt der Familie ließ sich nicht so leicht in die allgemeine Versöhnungspolitik einbinden. Es war weder durch offenkundige Schmeicheleien noch durch das Überlassen von Katzenfutter zu gewinnen. Erstere hätten schon deutlicher ausfallen müssen, als eine ihrem Wesen nach eher zurückhaltende Katze kurzfristig glaubhaft zu demonstrieren vermag. Thunfischmus war nicht nach seinem Geschmack. Und außerdem stand er sowieso im Mittelpunkt einer Gesellschaft, wenn er es wollte, ohne die großmütige Zurückhaltung eines anderen.

Die Birmanin, die in Wahrheit eine ganz andere war, fand trotzdem einen sanften Weg, auch seinen Widerstand zu beugen. Denn selbst einer, der kein großes Interesse an Katzen hat, läßt sich beeindrucken, wenn sich eine um ihn bemüht. Wenn sie vor ihm hockt und ihn ansieht, fragt er sich, was sie wohl denken mag. Worauf gewöhnlich eine zarte Stimme antwortet. Man fühlt sich natürlich angesprochen und persönlich bevorzugt. Dabei wäre ihr Miauuu in jedem Fall erfolgt. Katzen sind nämlich so. Auch daß nach dieser Einführung die Körpersprache eintritt, ist mentalitätsbedingt und geschieht häufiger. Schnurrbartzittern, Ohrenspiel, Variationen des Schwänzelns, Auf-den-Rücken-Rollen und ähnliches gehören zum Ritual. Lediglich dem noch intimeren Andrücken an zwei- oder vierbeinige Partnerschafts-Aspiranten kommt als eigenwertige Handlung besondere Bedeutung zu.

Derjenige, dem im Boxerhaus entsprechende Bemühungen zuteil wurden, war nicht unsensibel. Er hatte durchaus erkannt, wie sehr sich die Katze anstrengte, und fühlte sich geschmeichelt. Und er war der letzte, der sich gegen jemanden sperrte, den die anderen ins Herz geschlossen hatten. So hielt er, wohlwollend gestimmt, still, als die einstige Widersacherin zum Abschluß ihrer Avancen mit elegantem Schwung auf seinem Schoß landete. Unwillkürlich strich er über ihr Fell, dessen Zartheit ihn überraschte. Seine Hände fühlten das Beben ihres warmen Rückens, und da er ihr zum ersten Mal so

nahe war, hatte er den Eindruck, daß ein Leuchten von ihr ausging.
In dieser Stunde begann er sie zu lieben wie seinen Hund, der nach einer Weile hinzukam und sich ohne Anzeichen von Eifersucht zu seinen Füßen ausstreckte. Seine Frau, die ihn zu Tisch bitten wollte, an dem sie neuerdings wieder gemeinsam aßen, blieb perplex an der Tür stehen. Beim Anblick einer Szene perfekter Harmonie wurde ihr plötzlich bewußt, wie sehr sich die Atmosphäre im Haus zum Guten gewendet hatte. In ihrer spontanen Freude umarmte sie die drei, und im stillen dankte sie ihrer Katze, die das bewirkt hatte.
Dabei dachte keiner von ihnen, daß das Wesen, dem ihre Dankbarkeit galt, inzwischen bereit war, sie zu verlassen. Die echte Birmanin hätte es ohnedies bei den fremden Leuten, deren Tochter sie auf der Straße mitgenommen hatte, nicht mehr länger ausgehalten. Denn obwohl sie gut zu ihr waren, fehlte ihr die gewohnte Umgebung. Sogar der Gedanke an den Hund verstärkte eigenartigerweise das Heimweh. Sie gehörte eben zu denen, die immer wieder dorthin zurückkehren, wo sie daheim sind. Im Gegensatz zu den vierbeinigen Herumtreibern, die es an keinem Platz lange hält. Als die Terrassentür nur angelehnt war, nutzte sie die Gelegenheit, sich von ihrer Gastfamilie zu trennen.
Wahrscheinlich war es Zufall, daß sie auf dem Weg nach Hause ihrer Doppelgängerin begegnete. Möglicherweise kam es bei ihrem Treffen zu einer Art Verständigung jenseits menschlichen Fassungsvermögens, fand eine Kommunikation auf einer anderen Ebene statt.

Schließlich ist noch immer umstritten, ob sich nur die miteinander unterhalten können, die sich selbst als Primaten ihres Planeten bezeichnen.
Die Birmanin verhielt sich jedenfalls nach ihrer Rückkehr so, daß weder Frauchen noch Herrchen noch ihr neuer Freund, der Hund, den Unterschied spürten. Was für alle Beteiligten das beste war.

Ein ängstliches Kätzchen

Talby war das Ergebnis der Kreuzungen von mehreren Generationen britischer und persischer Katzen. Vom ursprünglich blau angehauchten Elfenbeinton ihres Fells und der melierten Umrandung von Nase und Fußballen sah man bei ihr nichts mehr. Übriggeblieben waren ein blasses Grau und Spuren von Weiß. Am Ende einer Ahnenreihe mit lebhaften Exemplaren und hervorragenden Jagdeigenschaften stand mit Talby ein lethargisches, ängstliches Kätzchen. Die ständigen Tränen in ihren Augen, Folgen der Degeneration, schienen Ausdruck einer andauernden Depression zu sein.

Talbys Familie hatte sie aus Amerika mitgebracht, als der Vater nach Europa versetzt wurde. Sie hatte dem Sohn gehört, der sie zur Schlangenjagd abrichten wollte, diese Absicht aber schon bald aufgab. Ihr Instinkt war selbst nach drei Jahren noch so schwach entwickelt, daß sie die Streifzüge am Rand der texanischen Wüste nicht überlebt hätte, wenn er ihr nicht öfter zu Hilfe geeilt wäre. Denn während ihre Artgenossen das giftige Gewürm sogar mit dem Wind im Rücken rechtzeitig witterten, brachte sie es fertig, der vor ihr liegenden Viper auf den Schwanz zu treten. Trotzdem überließen sie die Katze nicht sich selbst oder der »Humane

Society«, der amerikanischen Auffangstation für nicht mehr gebrauchte Tiere, als sie das Land verließen. Die Katze, die den Gefahren einer immer noch wilden Natur glücklich entronnen war, erhielt eine neue Chance. Nach einer Tagesreise fand sie sich im Dschungel der Großstadt wieder, der ihr das Leben nicht minder schwermachte. Ihre Situation war danach nicht viel besser als die des im Busch aufgewachsenen Hinterwäldlerbuben, der sich plötzlich auf der Hauptfahrbahn einer Millionenmetropole wiederfindet.

Da ihre Leute wenig Zeit für sie hatten – der Sohn war auf der anderen Seite des Atlantiks geblieben –, mußte sie allein mit ihrer neuen Umgebung zurechtkommen. Daß sie die ersten Wochen überhaupt überlebte, grenzte an ein Wunder. Vielleicht verdankte sie es einfach ihrer übergroßen Vorsicht. Vielleicht wachte aber auch ein unsichtbarer Schutzengel über sie, wie jemand meinte, der sie auf der Straße erlebt hatte. Wobei es sich nicht allein um die offenbaren Risiken wie rasende Vehikel, laufende Motoren auf Baustellen und herumliegenden Giftmüll handelte, von denen sie keine Ahnung hatte und die ihre Nase reizten. Nicht jene Zeitgenossen zu vergessen, die frei laufende Vierbeiner fingen und an Labors verkauften.

In Texas hatte es in der Nachbarschaft Hunde gegeben, mit denen sie gut Freund gewesen war, obwohl sie als bösartig verrufen waren. Man hatte daheim dazu bemerkt, daß die Berichte über die sogenannten Kampfhunde übertrieben seien und es sich nur um Einzelfälle handle. Im übrigen seien amerikanische Vierbeiner nicht so frustriert und reagierten nicht so hektisch wie ihre europäischen Kollegen. Denn sie litten nicht unter Platzmangel, seien demnach auch nicht einem Dauerstreß ausgesetzt, der irgendwann zu Aggressivität führe. Wer ständig einem begegnen müsse, der ihm den Weg streitig mache, werde am Ende zwangsläufig durchdrehen. Im weiten Raum trete das oft zitierte Notbeißen viel weniger häufig auf.

Talby machte in ihrem neuen Umfeld keinem den Weg streitig. Dennoch gab es einen, den sie aufregte und der es offen auf sie abgesehen hatte. Er wurde Turbo gerufen und gehörte keiner der gebrandmarkten Arten an. Er war kein Bluthund und kein Rottweiler, weder American Staffordshire noch Pitbull, sondern ein auf den ersten Blick ganz normaler Weimaraner. Seine Verhaltensstörung bestand in seinem umgekehrten Instinkt.

Während die Angehörigen vor allem der Wächter- und Jägerrassen in ihrem Verfolgungstrieb von Fluchtbewegungen angeregt werden, griff Turbo an, was bewegungslos verharrte. Da sich das pelzige Ding, das er neuerdings auf einem Fenstersims an der von ihm kontrollierten Strecke sitzen sah, nicht rührte, betrachtete er es als lohnenden Fang. Quasi im Vorübergehen schnappte er zu.

Zwar kriegte er die Beute nicht richtig am Kragen zu fassen, weil sie doch noch weit genug zurückweichen konnte. Aber er spürte ihre Angst, und sie machte ihn heiß, erregte ihn, stärkte sein Gefühl der Überlegenheit, erhöhte seine Lust auf weiterreichende Erfolge. Ein Tierpsychologe – wie es sie inzwischen in größerer Zahl

vor allem in der Neuen Welt gibt – hätte unschwer die Diagnose gestellt, daß bei Turbo ein gewisser Hang zum Sadismus bestand, der an menschliches Verhalten in dunkler Zeit erinnerte.
Daß es dem psychisch Gestörten noch nicht gelungen war, die Katze zu erlegen, lag daran, daß ihm jedesmal, wenn er am Ziel zu sein glaubte, jemand in die Quere kam. Was er immer wieder versuchte, fiel in der belebten Straße nämlich auf, und nur wenige Menschen sahen weg. Denn wenn es um ein Tier in offensichtlicher Bedrängnis ging, fühlte man sich eher zum Eingreifen verpflichtet, als wenn irgendwo ein Mann oder eine Frau um Hilfe riefen. Hatte man den Hund verscheucht, konnte man stolz sein und sich fühlen wie ein guter Pfadfinder.
Dann kam der Tag, an dem keiner der Vorübergehenden eingriff, niemand ein kleines Kätzchen vor einem großen Hund bewahren mußte. Trotzdem blieben mehr Passanten stehen als sonst. Es gab einen Kampf zu sehen, der fast sportlichen Charakter hatte. Keineswegs ging es wie sonst um die Auseinandersetzung zwischen einem eindeutig Stärkeren und einer, deren Unterlegenheit von vornherein feststand. Hier war das Stärkeverhältnis für den Außenstehenden nicht ohne weiteres klar. Was einige Zuschauer sogar dazu veranlaßte, Wetten abzuschließen auf den von ihnen favorisierten Kontrahenten.
Der Weimaraner war gewohnheitsmäßig auf die Straßenseite gewechselt, auf der er »seine« Beute antraf. In seinen Augen gab es keine Unterschiede bei Gestalt, Kopfform oder Fellfarbe. Sein Instinkt warnte ihn nicht.

Der Jäger unterschied allein zwei Sorten von Katzen. Die einen interessierten ihn nicht, denn sie bewegten sich und eilten, wenn sie ihn sichteten, auf Mauern, Autodächer oder Bäume. Die anderen waren die interessanten Exemplare, die vor Angst wie angewurzelt blieben, wo sie gerade waren.

Dieses Mal, das fühlte er, würde es ihm gelingen, ihrer habhaft zu werden. Ihre Fähigkeit, sich ihm stets erneut in einer Ecke des Vorsprungs zu entziehen, hatte zuletzt schon nachgelassen. Ihre Furcht würde sie bald völlig lähmen. Der Sims war gerade so tief, daß er sie greifen konnte, sobald sie nur ein winziges Stück weiter vorn blieb. Auch mußte ihr diesmal nicht zwangsläufig ein Mensch zu Hilfe kommen. Oder vielleicht nur einer, mit dem er fertig werden konnte, weil er spürte, daß er selbst Angst vor ihm hatte. Seine Lefzen wurden feucht in Erwartung kommender Genüsse.

So traf ihn der erste Hieb gänzlich unvorbereitet. Die weiße Katze hatte am Simsrand auf ihn gewartet. Seinen ersten Ansprung wehrte sie spielerisch ab. Als er sich ein zweites Mal anschickte, ihr auf den Leib zu rücken, versetzte sie ihm einen festeren Schlag. Eine Braue schwoll an, und von da an sah er nicht mehr klar. Immer noch im Gefühl der Überlegenheit mobilisierte er alle Kräfte und sprang höher als je zuvor, sich mit den Hinterläufen abstoßend, mit den Vorderbeinen auf dem Vorsprung Halt findend. Bevor er wieder abrutschte, hatte er die Gegnerin gepackt und zog sie mit sich auf den Boden.

Passanten wurden aufmerksam und blieben stehen. Rufe der Bewunderung für die Katze waren zu hören, die offensichtlich nicht daran dachte zu fliehen und der es immer wieder gelang, die physische Überlegenheit des anderen durch Gewandtheit, blitzartiges Ausweichen und Hakenschlagen auf engstem Raum auszugleichen. Ging sie selbst zum Angriff über, geschah dies mit so schnellen Bewegungen, daß der Hund meist zu spät reagierte.

Inzwischen sah man an ihm weitere Spuren der Auseinandersetzung, während ihr Fell trotz des Herabzerrens von ihrem Podest unversehrt schien. Jedesmal, wenn sie seinen Zähnen auswich, wurde sein Knurren giftiger, sein Gebell wütender. Seine Stimme überschlug sich und klang heiser, während die Verteidigerin lautlos kämpfte. Endlich gelang es ihm, sie mit seinem ganzen Gewicht unter sich niederzudrücken und zum entscheidenden Biß anzusetzen.

Die Entsetzensrufe einiger Umstehender verstummten jedoch, als das erwartete Ende ausblieb. Der rasende Weimaraner hatte in Erwartung seines vermeintlichen Triumphes vergessen, daß der scheinbar Unterlegenen außer den blockierten Krallen ebenfalls ein Gebiß zur Verfügung stand. Seine hervorragende Nase wurde ihm zum Verhängnis.

Katzenzähne können scharf wie Dolche sein und tiefe Wunden reißen, besonders wenn sie als letztes Mittel eingesetzt werden. Der Schrei, mit dem er sich zurückzog, mündete in hilflosem Wimmern. Mit einer Pfote wischte er sich übers Gesicht und versuchte damit, den Schmerz zu mildern. Den eigentlichen Zweck seines Hierseins hatte er vergessen. Die Katze schien zunächst

nachsetzen zu wollen, überlegte es sich aber anders und begann sich zu putzen.
So war die Lage, als die von einem besorgten Anrufer alarmierte Polizeistreife eintraf. Der Unbekannte am Telefon hatte von einem Streit »auf Leben und Tod« gesprochen. Deshalb waren die Polizisten erleichtert, daß es sich nur um ein Scharmützel zwischen Hund und Katze handelte. Gleichwohl nahmen sie die Beteiligten, die beide kein Halsband trugen, sich also nicht ausweisen konnten, mit zur Wache.
Da Turbo vorher noch schnell einen der Beamten in die Hand gebissen hatte, weil er allergisch gegen Uniformen war und außerdem nicht mitkommen wollte, fuhr er die kurze Strecke im Kofferraum mit. Seine ihm entgangene Beute machte es sich derweil auf dem Rücksitz bequem und kommentierte die freundlichen Bemerkungen von Fahrer und Beifahrer mit zustimmendem Geschnurr.
Als sich Turbos Besitzer meldete, um seinen Vierbeiner auszulösen und ihn zum Tierarzt zu bringen, mußte er versprechen, für ihn einen Maulkorb zu besorgen und ihn nicht mehr ohne Aufsicht auf die Straße zu lassen. Von einer Anzeige wegen des Angriffs auf einen Staatsdiener wollten die tierfreundlichen Ordnungshüter absehen. Der für die unbekannte streitbare Katze Verantwortliche wurde nicht ermittelt. Er hätte sie auch nicht mehr angetroffen. Am nächsten Tag war sie nämlich auf unerklärbare Weise aus der Wachstube verschwunden. Talby, das ängstliche Kätzchen, blieb seitdem unbehelligt.

Rechtzeitige Erkenntnis

Katharina Blümchen war eine vermögende Frau. Bodo von Flachheim hatte große Pläne, aber wenig Geld. Sie stammte aus einer begüterten Familie. Er hatte es geschickt vermieden, über Herkunft und Vergangenheit zu reden. Ihre Schwäche war, daß sie trotz ihres materiellen Wohlstands hatte jemanden suchen müssen, der für sie da war und an den sie sich anlehnen konnte. Wer mit vierzig einer verlorenen Jugendliebe nachtrauerte, war empfänglich für den Gedanken, endlich einen Ersatz gefunden zu haben und im Alter nicht alleine dazustehen. Die »besten Jahre« des Mannes sind nun einmal nicht unbedingt auch die besten Jahre jeder Frau!

Daß Bodo die Katze nicht mochte, die sich neuerdings bei seiner Braut eingefunden hatte, behielt er für sich. Er hatte einen ausgeprägten Sinn für Schönheit und investierte viel Zeit und eine für seine Verhältnisse große Summe in die eigene Pflege. Für ihn war das Tier, das ihn an die Taschenausgabe eines weißen sibirischen Tigers erinnerte, eine Art Konkurrenz.

Neben seiner Eifersucht hatte er sich aber auch mit seinem Instinkt auseinanderzusetzen, der ihn warnte. Denn während er seine wahre Einstellung, wenn auch mit viel Mühe, verbarg und so tat, als teile er die Zuneigung seiner künftigen Frau für das Tier, machte die Katze aus ihrer Abneigung gegen ihn kein Hehl. Käthchen, wie die menschliche Freundin sie nannte, ging ihm aus dem Weg und suchte das Weite, wenn er sie scheinheilig streicheln wollte.

Es mag in unserer Natur liegen, daß sich diejenigen von uns, die nicht reichlich mit als attraktiv angesehenen Attributen gesegnet sind, besonders gern mit Schönheit umgeben. Katharina war auf den ersten Blick zwar eine elegante Erscheinung. Ihr ungeschminktes Aussehen wurde jedoch nicht dem eigenen Anspruch gerecht. Wie die meisten sensiblen Menschen unterschätzte sie ihren geistigen und seelischen Reichtum und fand sich selbst wenig liebenswert.

Bodo von Flachheim hatte es deshalb nicht allzu schwer gehabt, sie für sich zu gewinnen, obwohl er ihre Selbsteinschätzung mehr als teilte und sie – von ihrem Besitz abgesehen – nicht gerade als die Begehrenswerteste empfand. Mit Erfolg war es ihm bis dahin gelungen, seine wahre Meinung zu vertuschen. Er unterschied sich darin von den Tieren, die mit Menschen zusammenleben und denen die Fähigkeit fehlt, Gefühle vorzutäuschen, die sie nicht wirklich hegen.

So richtet sich die Anhänglichkeit einer Katze überhaupt nicht nach Oberflächlichkeiten. Der schönste Mensch mit einem kalten Herzen kann von ihr keine Liebe erwarten. Das eleganteste Boudoir wird von keiner Katze als Heim akzeptiert, wenn sie in ihm keine Zuwendung erhält. Umgekehrt spielen scheinbare Häßlichkeit, ja selbst chaotische Unordnung ihrer Umgebung keine Rolle, wenn sich die Katze wohl fühlt, weil die Bezugsperson ihr gut ist. Was heißen soll, daß die luxuriöse Wohnung der Katharina Blümchen ihren vierbeinigen Gast nicht interessierte, ihre Herzensgüte dafür um so mehr.

Der Bräutigam beschloß, die Rivalin loszuwerden. Was ihm um so leichter fiel, als er zu Katzen noch nie eine Beziehung gehabt hatte. Seine Vorliebe galt rassigen Pferden. Wegen ihnen hatte er schon in seinen besten Zeiten viel Geld verloren. Stand ihm erst das Konto seiner Frau zur Verfügung, würde er sich einen Traber leisten und sich auch wieder mit lohnenden Einsätzen am Wettgeschäft beteiligen können.

Herrliche Zeiten standen bevor, die mit ein bißchen Überwindung bei der Behandlung der Geldgeberin leicht zu erkaufen sein würden. Zunächst aber galt es, dafür zu sorgen, daß Käthchen keine Gelegenheit mehr bekam, ihn bei Katharina in ein ungünstiges Licht zu rücken und letztere nicht herausfand, was er wirklich von ihr hielt. Nach einigen Überlegungen stand sein Plan fest.

Anfangs hatte er vor, den Taschentiger in einen Koffer zu packen und diesen in den nahen Teich zu werfen. Doch gab er diese Idee sofort wieder auf. Das Risiko war zu groß. Seine Braut würde nach der Verschwundenen suchen lassen und bei dem grausigen Fund den richtigen Schluß ziehen. Auch der Gedanke, die Katze wegzubringen und sie irgendwo auszusetzen, wurde verworfen. Er hatte von Exemplaren gehört, die viele Kilome-

ter entfernt aus dem Auto geworfen worden waren und den Weg zurück nach Hause gefunden hatten.
Sie zu vergiften getraute er sich nicht, war doch bei aller Skrupellosigkeit direktes Töten nicht seine Sache. Seine Lösung war einfacher, und er brauchte sich dabei nicht einmal die Hände schmutzig zu machen. Er besorgte sich feste Lederhandschuhe, die sich nicht durchbeißen ließen. Dann holte er seine alte Lederjacke hervor, die auch den schärfsten Krallen standhalten würde. Als die Braut beim Friseur war, setzte er seine Absicht in die Tat um.
Die Katze saß gern am offenen Fenster und schaute ins Freie. Wobei er immer den Eindruck hatte, daß sie nach oben blickte statt nach unten, wo es seiner Meinung nach Interessanteres zu sehen gab. Scheinbar ebenfalls am Geschehen draußen interessiert, stellte er sich neben sie. Als er sie packte und hinausschubste, schien sie so überrascht, daß sie sich nicht einmal wehrte.
Befriedigt, weil es so einfach gewesen war, verstaute er anschließend Jacke und Handschutz im Schrank, den ihm seine Braut vorab bei sich überlassen hatte. Als sie heimkam und nach der Katze fragte, stellte er sich unwissend. Er half ihr beim Suchen unterm Bett, hinter der Kommode und zwischen den Büchern, überall dort, wohin sie sich gerne zurückzog, wenn sie nicht gestört werden wollte. Auf Katharinas besorgte Frage, ob er vielleicht aus Versehen die Wohnungstür offengelassen habe, sah er im gesamten Treppenhaus nach, natürlich ohne Ergebnis. Die Aufregung legte sich erst, als sich die Vermißte zurückmeldete.

Sie kratzte an der Tür und schritt, als Katharina öffnete, gravitätisch herein, zielbewußt die Fensterbank ansteuernd, als sei ihr dort nichts geschehen. Der heimliche Täter hätte sich bei ihrem unerwarteten Anblick beinahe verraten. Zum Glück für ihn konzentrierte sich die Braut jedoch auf den heimgekehrten Miniaturtiger. So achtete sie nicht darauf, als er »Verdammt, kann das Biest denn fliegen?« murmelte. Er biß sich auf die Lippen und beeilte sich, seinen Fehler wiedergutzumachen. Scheinbar ebenfalls erleichtert und auf die Empfindung seiner künftigen Frau bedacht, näherte er sich seinem Opfer und drohte ihm mit dem Finger, weil es Frauchen soviel Kummer bereitet habe. Da geschah etwas Ungewöhnliches.

Das Tier sprang auf die Schulter der Freundin und schrie den Heuchler von dort mit einer Stimme an, die nichts Katzenhaftes mehr hatte, die mehr ausdrückte als das übliche Fauchen. Es hörte sich an wie Schmerzenslaut und Kampfruf zugleich.

Für Bodo von Flachheim war es eine so eindeutige Warnung, daß er sich auf der Stelle umdrehte und das Apartment verließ. Katharinas Versuch, ihn zum Bleiben zu bewegen, weil Käthchen es ja »nicht so gemeint« habe, beantwortete er mit der theatralischen Erklärung: »Entweder sie oder ich. Für uns beide ist kein Platz unter diesem Dach!«

Als er verschwunden war, änderte die Katze augenblicklich ihr Verhalten. Der rasende Teufel verwandelte sich in einen sanften Engel, dem es auf die schmeichelndste Weise gelang, einen verzweifelten Menschen zu trösten.

Katharina, die nur das augenscheinliche Vorkommnis kannte und die Hintergründe noch immer nicht ahnte, hatte Angst, Bodo zu verlieren. Zugleich bewog sie ein anderes starkes Gefühl, an der Ursache seines dramatischen Abgangs, der Katze, festzuhalten. Sie, die sie schon einmal ein »Geschenk des Himmels« genannt hatte, wollte sie ebensowenig verlieren. Gerade jetzt spürte sie die eigenartige Wirkung ihrer Nähe. Sie wurde ruhig, und in ihr wuchs eine neue Gewißheit: Es würde noch alles gut werden!

Mit der Katze auf dem Schoß schlief sie ein. Im Traum sah sie viele weiße Katzen, aufgebaut wie ein Orchester, und sie spielten eine wundervolle Melodie. Doch gab es da auch noch einen Mann, dem die gespielte Weise gar nicht gefiel. Das Gesicht des Mannes konnte sie nicht erkennen, denn er hatte sich abgewandt und verließ das Konzert, ehe sie ihn erreichte. Das Klingeln an der Wohnungstür weckte sie.

Der Besuch der Nachbarin von vis-à-vis begann mit einem Schock. Die Frau erzählte ihr, was sie vom gegenüberliegenden Fenster aus beobachtet hatte. Es sei ja nicht unüblich, daß Katzen, die aus großer Höhe herabstürzen, ohne Schaden auf dem Boden aufsetzen. Ihre weiße Katze habe dabei noch Glück gehabt. Sie sei auf dem ausgespannten Sonnendach der Parfümerie im Erdgeschoß gelandet, das wohl wie ein Sprungtuch gewirkt und den Fall abgebremst habe.

Als Bodo von Flachheim sich nach einigen Tagen meldete, teilte ihm Katharina Blümchen mit, daß er seine

Sachen abholen dürfe. Die Verlobung sei gelöst. Sein schlechtes Gewissen verbot ihm, nach dem Grund zu fragen. Als er sie schließlich zum letztenmal in ihrer Wohnung aufsuchte, war Käthchen, die Katze, nicht zu sehen. Sie ließ sich auch danach nie mehr blicken. Jedoch erinnerte sich ihre Gastgeberin noch an sie, als der zeitweilige Konkurrent längst aus ihrem Gedächtnis gestrichen war.

Es war einmal …

Vor fast 3000 Jahren, etwa um 700 vor Christus, lebte im Südwesten Arabiens das Volk der Sabäer. Das heutige Gebiet des Jemen ist in der Geschichte als das einstige Saba bekannt. Saba galt als mächtiges Königreich – mit Kolonien, die seine Handelsroute nach Palästina sicherten. Sein damaliger Mittelpunkt Marib – über 100 Kilometer vom jetzigen Sanaa entfernt – galt als eine der reichsten Städte des Orients und war zugleich Königssitz. Populär geblieben ist das in der Bibel geschilderte Treffen König Salomos mit Bilkis, der Königin von Saba.

Dabei war sie nur eine von vielen Herrschergestalten, die im Laufe von neun Jahrhunderten das Schicksal der Sabäer bestimmten, die lebten und überlebten, anders als weniger glückliche Vorgänger und Nachfolger. Denn die Regentschaft von Königen dauerte schon in der Antike nicht immer lange.

So wird von einer Herrscherin erzählt, die mit Klugheit und Ehrgeiz Saba regierte und die nicht nur Treue erfuhr, sondern auch Mißgunst und Gegnerschaft. Daß die Mächtigen nur geliebt werden und keine Feinde haben, war schließlich schon in alten Zeiten mehr eine Ausnahme denn die Regel.

Jener Fürstin begegnete eines Tages, als sie im Garten ihres Palastes spazierenging, eine Katze. Sie hatte auf einer Steinbank gesessen, und es schien, als habe sie auf die Herrin des Gartens gewartet. Diese war so sehr in Gedanken versunken, daß sie die Katze erst wahrnahm, als sie sich von der Bank löste und sich ihr anschloß. Ihr Fell war von strahlendem Weiß, Kopf und Körper deuteten auf edelste Rasse hin, und ihr Gang glich mehr dem Schweben auf Wolken als dem Lauf einer erdengebundenen Kreatur.
Die Königin war von so viel Schönheit fasziniert und kniete nieder, so daß sich ihre Blicke auf gleicher Höhe trafen. Die Mandelaugen der Katze dünkten ihr unergründlich. Sie waren jung und sahen dabei zugleich zeitlos und wissend aus. Allerdings empfand die Regentin dies nicht als Widerspruch, wurden doch beide Eindrücke durch ein Gefühl von Wärme und Zutrauen übertroffen, das sie bis dahin von keinem Menschen empfangen hatte. Daß es eine Katze war, die ihr Freundschaft anbot, machte es einfach für sie, sich ihr zu öffnen. Schon damals hatte die Katze – wie noch 1000 Jahre später bei Ägyptern und anderen Völkern Afrikas und Asiens – für die Gläubigen einen hohen Stellenwert. So nahm die Königin die unerwartet Erschienene mit in ihre Gemächer und ließ ihre Umgebung wissen, sie sei von ihrem Hauptgott geschickt worden und mit entsprechender Achtung zu behandeln.
Selbst diejenigen, die ihrer Herrscherin heimlich nicht allzusehr gewogen waren, erkannten das an. Denn die Katze wirkte in der Tat wie die Botin einer höheren

Welt. So wunderten sich denn auch weder Berater noch Untergebene, daß von da an vor wichtigen Entscheidungen stets Sheba von der Herrin befragt wurde. Wie sie antwortete und wozu sie riet, erfuhr kein Außenstehender. Da es aber keinen Grund gab, mit dem Ergebnis solch intimer Gespräche unzufrieden zu sein, waren die Anhänger der Königin glücklich, und ihre geheimen Gegner blieben stumm. Was nicht bedeutete, daß die Opposition die eigenen Pläne aufgegeben hatte. Man mußte jedoch auf eine günstige Gelegenheit warten, nachdem das Volk gerade jetzt der Fürstin noch mehr Ehrfurcht erwies, weil die Ankunft der von der Gottheit Gesandten bekanntgeworden war. Denn die Opfergaben, die das Volk dem »heiligen Tier« darbrachte, galten gleichermaßen derjenigen, die seine offenbare Gunst genoß.
So häuften sich Blumen, Früchte und andere Erträge des Feldes neben Amphoren, Schmuck und Stoffen vor dem Palast, die von Bauern, Handwerkern und Händlern gebracht wurden. Daß diese Zeichen der Ergebenheit den Armen zugute kamen, erhöhte noch das Ansehen der Königin. Die Katze ihres Gottes aber wurde schließlich zur Kultfigur beim gläubigen Volk.
Erzählungen über ihre Anwesenheit bei der Verteilung der Spenden wurden ausgeschmückt. Diejenigen, die dabei waren, berichteten von ihrer Schönheit und der Harmonie zwischen ihr und der Herrscherin, auf deren Arm sie geruht habe. Bei der Verbreitung der Geschichte kamen jedesmal neue wundersame Einzelheiten hinzu. Am Ende beherrschte das Bild einer riesen-

haften weißen Katze, die strahlend über den Köpfen der Menge schwebte, die Phantasie der gutgläubigen einfachen Leute.
Da beschlossen die Kräfte, bei denen Skepsis und Neid überwogen, dem ein Ende zu bereiten. Eine auf ihrer Seite stehende Dienerin, die Zugang zum Palast hatte, erhielt den Auftrag, vergiftete Kräuterperlen unter das Essen der Katze zu mischen. Ein pflanzenkundiger, der Magie verschriebener Gefolgsmann hatte sie aus einem Gewächs gewonnen, das an den Ufern des Roten Meeres wuchs. Gesiedet und in gemahlener Rehleber gebacken, war von dem ursprünglich bitteren Geschmack nichts mehr wahrzunehmen. Der Pflanze wurde nachgesagt, wer von ihr esse, dem bleibe das Herz stehen.
Allerdings kannten die Intriganten die Eßgewohnheiten des Opfers nicht. Was die Katze stehenließ, wurde nämlich weggenommen und durch eine neue Speise ersetzt. Dieser Wechsel erfolgte so häufig, und es waren so viele Bedienstete daran beteiligt, daß eigentlich keiner so richtig wußte, was und wieviel oder ob überhaupt davon gegessen worden war. Außerdem hatte der Aufseher des Palastes dafür gesorgt, daß seinen Jagdhunden gebracht wurde, was übrigblieb. Daß einer von ihnen plötzlich umfiel und sich nicht mehr rührte, wurde zwar bedauert, aber nicht besonders beachtet. Der Hund war schon alt gewesen und seine Zeit eben abgelaufen. Außerdem war die Meute immer noch groß genug. Und weil der Hund ohne Aufhebens verscharrt wurde, warteten die Verschwörer längere Zeit vergeblich auf die

Nachricht vom Tod der Katze. Bis ihnen klarwurde, daß der Plan mißglückt war und sie etwas Neues versuchen mußten.
Der Vorschlag, die Tat direkt auszuführen und die angebliche Gesandte der Gottheit zu erstechen, wurde sofort wieder verworfen. Zum einen, weil die Katze so gut wie nie alleine war. Zum anderen hätte sich wohl kaum einer dazu bereit gefunden. Hatten doch selbst jene geheime Zweifel, die ihren Unglauben sonst laut äußerten. Schließlich konnte ja niemand die Folgen voraussehen – und ob nicht vielleicht doch ein zorniger Gott furchtbare Rache nehmen würde.
Am Ende aller Überlegungen kam man zu dem Ergebnis, daß es das beste sei, Sheba zunächst in Ruhe zu lassen und sich statt ihrer der ungeliebten Herrscherin zu entledigen. Gelang dies, würde sich das Problem mit ihrer Katze von selbst lösen. Denn dann müsse jedermann erkennen, daß sie nicht die göttliche Kraft habe, die ihr Vertrauende zu schützen. Das wechselhafte Volk werde sich folglich anderen Phantasien hingeben. Danach wäre die Zeit gekommen, den schwachen Neffen der Königin, den man leicht lenken konnte, auf den Thron zu heben.
An der Verwirklichung des Vorhabens waren wiederum jene beteiligt, die sich schon für den ersten Versuch hergegeben hatten. Der die Kräuterperlen gedreht hatte, denen das falsche Tier zum Opfer fiel, bemühte sich erneut, seinen Anführern zu Gefallen zu sein, und verstärkte diesmal noch den tödlichen Extrakt. Diejenige, welche das Gift dem Futter für die Katze beigefügt

hatte, nutzte die Arglosigkeit des Leibkochs, um im geeigneten Moment das Mittel unter die für die Fürstin bestimmte Speise zu mischen.
Dieses Mal hatten die Verschwörer Erfolg. Dennoch war das Resultat anders, als sie erwartet hatten. Am Abend verbreitete sich im Palast das Gerücht, daß die weiße Katze in den Armen ihrer Freundin gestorben sei. Die Herrscherin habe sich zurückgezogen und allen verboten, ihre Gemächer zu betreten, um sich ganz ihrer Trauer hingeben zu können. Auch war zu vernehmen, daß Sheba etwas vom Essen der Herrin genommen habe, ehe diese es kostete.
Das Gerücht wurde zur Kunde und verbreitete sich im Lande, als man die schuldige Dienerin entlarvte und enthauptete, während noch das Mausoleum für die Katze im Palastgarten errichtet wurde. Die Mehrheit der Sabäer verstand bald, daß sich das göttliche Tier für seine Königin geopfert hatte. Wie sonst war es zu verstehen, daß die Katze, die noch nie die Eßschale der von ihr Beschützten angerührt hatte, gerade dann daraus aß, als ihr Inhalt vergiftet war.

Noch lange lebte Sheba in den Geschichten des Volkes von Saba fort. Wozu mehrere wundersame Ereignisse beitrugen. Ein Gärtner des Palastes hatte den Auftrag gehabt, am Morgen nach der Bestattung frische Blumen ins Mausoleum zu tragen. Dabei fand er die Grabstätte leer. Bald darauf berichteten Schafhüter von einer weißen Katze, die sie in der Nacht nach dem Begräbnis gesehen haben wollten. Sie sei von der Stadt Marib her gekommen und nach Westen zum Meer hin gelaufen. Man habe sie in der Dunkelheit gut erkennen können wegen des hellen Scheins, der sie umgab. Allerdings habe sie sich, als man versuchte, sich ihr zu nähern, scheinbar in Luft aufgelöst. Der kräuterkundige Perlendreher starb übrigens nach nicht allzulanger Zeit. Sein Herz hatte plötzlich aufgehört zu schlagen.

Verhaltensforschung

Tierschützer haben viel dafür getan, das Bewußtsein der zivilisierten Welt für die Belange der hilflosen Kreatur wachzurütteln. Sie befreien Labortiere in Italien und Deutschland, initiieren Aktionen gegen künstliche Fließbandbesamung in Frankreich und Belgien, setzen sich gegen die Ausrottung von Walen und den Mord an jungen Seehunden ein.

Sie haben die Umsiedlung von Koalas in ein Gebiet in Australien mit ungenügender Vegetation durch ihre Intervention verzögert und dafür gesorgt, daß im Süden Europas das hemmungslose Jagen von Nachtigallen nachgelassen hat. Ihnen war es zu danken, daß eine Herde wilder Maulesel von einer Insel evakuiert werden durfte, die der amerikanischen Marine als permanentes Schießziel diente. Sie kämpfen gegen die Hysterie, die Hunderttausenden unschuldiger Tiere in England das Leben kostet, nur weil vielleicht das eine oder andere irgendwann einmal am Rinderwahnsinn erkranken könnte.

Durch ihren Einsatz haben sie erreicht, daß in den Labors der kosmetischen Fabriken weniger Hunde, Katzen und Meerschweinchen bei der Erprobung neuer Kosmetika leiden müssen. Daß selbst Implantationen von Erregern tödlicher Krankheiten in den Fachbereichen der wissenschaftlichen Institute fast nur noch an Mäusen und Ratten vorgenommen werden – und das auch nur so lange, bis die Erkenntnisse ausreichen, die Forschung mit wenig Risiko am Menschen fortzusetzen. Sie haben – wenn auch indirekt, wie wir erfahren werden – dazu beigetragen, daß ein besonders grausames Kapitel der Geschichte über Tierexperimente geschlossen werden konnte.

Professor S. hatte sein Projekt mit Mitteln aus dem Haushalt seines Bundesstaates auf den Weg gebracht. Die vor allem an den großen amerikanischen Universitäten vorherrschende private Finanzierung von Forschungsvorhaben war nicht zustande gekommen.

Das Programm von Professor S. firmierte unter dem Namen Behaviorismus, einer speziellen Richtung der Verhaltensforschung mit biologischen wie psychologischen Komponenten. Die Fakultät unterstützte die Arbeit und stellte dazu einen Assistenten und zwei Psychologie-Studenten fortgeschrittener Semester ab. Erklärtes Ziel des Teams war es, den Einfluß fehlender Mutterliebe in der frühen Kindheit des Menschen zu erfahren.

Man bediente sich dazu relativ einfacher, weil leicht verfügbarer Mittel. Als brauchbare Testobjekte hatte man zunächst an Affen gedacht, weil das Sozialverhalten einiger Spezies dem des Homo sapiens am nächsten kommt. Leider hatte vor nicht allzulanger Zeit der Fall eines Rhesusäffchens, das in einem anderen Landesteil zu Experimenten benutzt worden war, für negative

Schlagzeilen gesorgt. Daher fürchtete man eine ähnliche Reaktion der Öffentlichkeit, wenn das eigene Projekt durch Zufall bekanntwerden würde. Bei der Verwendung von Hunden hätte es ebenfalls Komplikationen geben können. Gerade in der Stadt, auf deren guten Willen man gelegentlich angewiesen war, gab es mehr Hundeliebhaber als im gesamten übrigen Staat. So entschied man sich für Katzen. Von ihnen liefen ohnehin viel zu viele wild herum und vermehrten sich unkontrolliert. Man besorgte sich ohne Aufsehen das benötigte »Material«.
Die Testtiere waren ausschließlich trächtige Kätzinnen und solche, die gerade geworfen hatten. Jede Familie wurde für sich in eine etwa zwei Quadratmeter große Box gesetzt, und die Babys konnten sich in den ersten zwei Wochen normal entwickeln. Das hieß, ihre Mutter durfte sie säugen. Katzen, die von vornherein nicht genug Milch hatten, wurden ausgesondert. Sie waren für das Experiment nicht brauchbar.
Die Versuche begannen nach 14 Tagen. Dazu wurde an der Mutter ein sogenanntes »electronic device« montiert. Dieses Gerät diente dazu, Stromstöße auszusenden, sobald sich die Jungen näherten, um zu trinken. Einige versuchten es trotzdem immer wieder, andere blieben nach den ersten elektrischen Schlägen auf Distanz und in ihrer Entwicklung zurück. Bei den Hartnäckigen wurden bald darauf Anzeichen von Aggression registriert. Die Ängstlichen wurden apathisch.
Damit die Jungen durchhielten, schaltete man die devices am Anfang nach jeweils zwölf Stunden für einen hal-

ben Tag ab, an dem der Kontakt zur Mutter vorübergehend wiederaufgenommen werden durfte. Mit fortschreitendem Alter und wachsender Widerstandskraft dehnten Professor S. und seine Mitarbeiter die Entzugsperioden aus. Die anfangs beobachteten Verhaltensweisen verstärkten sich dabei. Babys, die sich nicht so leicht hatten entmutigen lassen, wurden immer aggressiver und fauchten die eigene Mutter an. Die anderen getrauten sich selbst dann noch kaum zu ihr, wenn sie in der Abschaltphase keine Stromstöße abgab.
Zu dem Experiment gehörte, daß die Mütter zwischendurch ausgetauscht wurden. Es wurden ihnen andere Katzenkinder beigegeben, um deren Verhalten nach dem Wechsel zu ergründen. Der Trick dabei war, daß die vertauschten Mütter »elektronisch inaktiv« waren. Die Jungen konnten demnach an ihnen ihren Hunger stillen, ohne geschockt zu werden. Das Forschungsteam fand hier eine seiner Hypothesen bestätigt: Der Nachwuchs war in diesem Stadium schon so frustriert, daß er von dieser Möglichkeit so gut wie keinen Gebrauch machte, wohingegen die alten Katzen bereit zu sein schienen, sie anzunehmen.
Um diese Zeit sickerte etwas über die nicht publizierte Testreihe im Bereich Behaviorismus nach außen durch. Einer der beiden beteiligten Seniorstudenten hatte einer befreundeten Kommilitonin arglos von seiner Tätigkeit erzählt und diese die brisante Information an ihre ältere Schwester weitergegeben. Was Nachforschungen auslöste, denn die Schwester war Aktivistin beim FCA. Die Abkürzung stand für »Fight Crualty

Against Animals«, eine Organisation, die sich den Kampf gegen Grausamkeiten an Tieren zur Aufgabe gemacht hatte.

Die FCA-Leute führten ein Telefongespräch mit dem zuständigen Dekan, nachdem Professor S. offiziell gerade verreist war und seine Helfer nicht zur Auskunft autorisiert zu sein schienen. Der Dekan versicherte, daß die beteiligten Versuchstiere keinerlei Streß ausgesetzt seien, und lud zwei Abgesandte der Organisation ein, sich selbst davon zu überzeugen. Was folgenlos geschehen konnte, denn die Inspektion fiel selbstverständlich in eine elektronikfreie Zeit, und die Stromgeber waren vorher abgenommen worden.

Die Inspekteure fanden eine scheinbar friedliche Idylle vor. Die Muttertiere schliefen. Die jungen Katzen lagen entweder zusammengerollt in einer Ecke oder maunzten die Besucher an. Es zahlte sich aus, daß die am deutlichsten geschwächten Babys vor der Besichtigung ausgesondert worden und nicht sichtbar waren. So verabschiedeten sich die Rechercheure nach der freundlichen Bewirtung in der Universitätskantine mit der Überzeugung, einer falschen Information aufgesessen zu sein.

Professor S. kehrte am selben Abend an seine Wirkungsstätte zurück und setzte seine Arbeit ohne Beschränkung fort. Bis ihn ein Ereignis der besonderen Art stoppte. Ein Geschehen, dessen Hintergründe auch sein analytischer Verstand noch Jahre danach nicht zu begreifen vermochte.

Ein Reporter der »Daily News«, der den Jahresbericht der Universität im Sekretariat abgeholt hatte, traf im

Gang auf eine weiße Katze. Auf dem Rücken trug sie einen Gegenstand von der Größe einer Zigarettenschachtel. Aus dem Kästchen ragte etwas, das wie eine Antenne aussah. Der Zufall wollte es, daß der Zeitungsmann vom Verdacht des FCA gehört hatte. Sein Mißtrauen war geweckt, und er folgte der Katze.
Das Tier benahm sich auffällig. Es lief voraus, blieb ein paarmal stehen und sah sich nach dem Reporter um, als wollte es sich vergewissern, daß er ihm auch folgte. Zu dieser Zeit waren die Hörsäle voll und die Wege auf dem Campus fast leer. Die wenigen Menschen, die ihnen begegneten, bekamen die Katze nicht zu Gesicht. Der Reporter hatte den Eindruck, daß sie in ihrer Nähe einfach verschwand und sich erst wieder zeigte, wenn die anderen sich entfernt hatten. Sie nutzte dazu Hausecken, Mauernischen, Büsche und Bäume, aber der ihr Folgende hatte dennoch das Gefühl, daß sie trotz des gelegentlichen Versteckspiels sicher auf ein bestimmtes Ziel zusteuerte.
Vor einem etwas abseits liegenden Gebäude blieb sie stehen und wartete, bis ihr Begleiter sie einließ. Sie gelangten in eine Halle mit mehreren Türen. Ein junger Mann im Laborkittel trat gerade aus einer der Türen, stutzte, als er die Katze und den Fremden sah, und verschwand wieder in dem Raum, aus dem er gekommen war. Die Katze gab einen Klagelaut von sich, der zwischen den kahlen Wänden widerhallte. Der Reporter öffnete die Tür, die ihm der Student vor der Nase zugeschlagen hatte – und stand dort, wo mehrere Katzenfamilien festgehalten wurden.

Bis die alarmierte Campuspolizei eintraf, hatte der Zeitungsmann genug gesehen für seinen Bericht. Wobei seine gewaltsame Entfernung vom Universitätsgelände und die anschließenden Beschwichtigungsversuche von Dekanat und Rektorat die Angelegenheit für die Öffentlichkeit noch interessanter machten.
Entscheidend für den endgültigen Abbruch der Testreihe und die Überstellung der Versuchsobjekte an die Humane Society mit ihren Tierheimen war aber letztlich das Versiegen der öffentlichen Mittel. Im Bundesstaat standen Gouverneurswahlen an, und der Amtsinhaber rechnete sich Stimmengewinne aus, indem er die Bewilligung der Gelder für die spezielle Art der Verhaltensforschung widerrief.
Im betroffenen Department zerbrach man sich indessen vergeblich den Kopf, woher die weiße Katze gekommen war, von der keiner im Team etwas wußte. Auch der Journalist, der sie in seiner Reportage als Schlüsselfigur erwähnte, konnte keine genaueren Angaben machen. Er hatte sie in dem Augenblick, in dem er die Versuchsstätte betrat, aus den Augen verloren.

Dank, wem Dank gebührt

Es wird von einem Delphin berichtet, der einen Schiffbrüchigen auf den Rücken nahm und an den Strand einer Insel trug. Ein Schwan wird in der Legende zum streitbaren Wächter über jungfräuliche Tugend. Der Sagenvogel Greif rettet ein Baby, dessen Eltern von marodierenden Banden getötet wurden. Der Rappe, der für seinen verwundeten Herrn im nächsten Dorf Hilfe holt, wenn er ihn nicht selbst heimträgt, gehört zur Filmgeschichte. Berghunde, die von einer Lawine verschüttete Wanderer aufspüren, sind Legende und Wirklichkeit in einem. Ebenso wie der Vierbeiner, der ein Kind aus dem Wasser zieht und dafür die Rettungsmedaille bekommt.

Katzen kommen in Märchen und in der Realität nicht so gut weg. Selbst bei den Bremer Stadtmusikanten spielen sie keine dominierende Rolle. Meist schreibt man es ihrer eigenwilligen Ichbezogenheit, ihrer mangelnden Selbstverleugnung zu, daß sie sich als Helfer oder gar Lebensretter – fiktiv oder tatsächlich – wenig eignen. Berichtet ein Katzenfreund einem Außenstehenden, was »seine« Katze für ihn getan habe, wird er wahrscheinlich belächelt. Man gesteht dem Erzähler zu, daß er aus Liebe zuviel in die Sache hineinlegt.

Schließlich seien Katzen ja allgemein dafür bekannt, daß sie nur das tun, was ihnen in den Sinn kommt, und gar nicht daran denken, anderen einen Gefallen zu erweisen.

Vielleicht liegt diese oftmals unberechtigte Beurteilung aber nur daran, daß Katzen menschliche Gesellschaft akzeptieren und sie teilweise sogar genießen, man sie auf der anderen Seite aber lediglich als angenehme Randfiguren ohne besonderen Zweck betrachtet. In der Hektik der modernen Zeit ist viel vom Verständnis für sie verlorengegangen.

Da sie weder fliegen können noch gerne schwimmen, man nicht auf ihnen reiten kann und sie nicht stark genug sind, um für den Menschen zu arbeiten oder zu kämpfen, bieten sie sich nicht auf den ersten Blick als Nothelfer an. Keine Katze würde zum Beispiel ins Feuer laufen, um ein Kind herauszuholen. Zwar kam der Collie, der dies unlängst in Kalifornien versuchte, dabei ums Leben. Er wurde aber in den Medien gefeiert und bekam einen ehrenden Gedenkstein auf dem Tierfriedhof von San Diego.

Und doch haben graugestreifte Tiger, blaue Kartäuser, elfenbeinfarbene Siamesen, helle Perser und schwarze Hauskatzen im Laufe ihrer vieltausendjährigen Geschichte neben Vertretern der anderen über 100 verwandten Rassen immer wieder helfend gewirkt – unbemerkt oder erkannt und vergessen. Vor allem in anderen Kulturen sind die Legenden um sie nicht gänzlich verstummt. Wie etwa die Sage um Sinh, den Kater eines weisen indonesischen Priesters.

Der Mönch hatte sein Leben Tsun Kyan Kse gewidmet, der Göttin der Seelenwanderung. Als Räuberhorden das Kloster überfielen, suchte der Mönch mit seinen Brüdern Zuflucht im Heiligtum der Göttin. Dort starb er vor Aufregung. Sein treuer Kater Sinh sprang auf sein schneeweißes Haupt, und die anderen Mönche wurden Zeugen eines Wunders: Die Seele des alten Priesters wanderte über in den Körper des Tieres. Seine saphirblauen Augen blieben von da an starr auf die Tür des Heiligtums gerichtet – und sie hielt dem Ansturm der Bande stand. Die Mönche waren gerettet.
Weniger Hintergründiges und darum leichter Begreifbares spielt sich noch in der Gegenwart ab – an fernen Orten und im selbst erlebten Alltag. Wobei einige Details im dunkeln bleiben.

Die Familie hatte die Dachwohnung aus mehreren Gründen gewählt. Die Aussicht übers Tal war faszinierend. Das Haus stand am Dorfrand auf einer Anhöhe, und gleich dahinter lag der Wald. Der Hauswirt hatte versichert, daß die Rehe bis auf ein paar Meter herankämen. Nur Rosen sollte man nicht pflanzen, weil ihre Knospen vom Rotwild als Delikatesse betrachtet würden und nie zum Blühen kämen.
Vor allem aber hatte Friedrich, dem Jüngsten, die Wohnung gefallen, denn zu ihr führte eine Außentreppe, und sein Katerchen mußte nicht an fremden Türen vorbei, wenn es nach draußen und zurück wollte. Auch daß Felix bald darauf die Bekanntschaft einer Kätzin machte, die er im ungemähten Gras getroffen hatte, paßte in die

Idylle. Zudem es sich bei dem Gast um ein wunderschönes weißes Tier handelte, das keinen in der Familie störte. Friedrichs Mutter mochte die fremde Schönheit besonders, denn seitdem Felix sie kannte, benahm er sich gesitteter als je zuvor. Die Gesellschaft einer Dame habe eben schon manchen Rüpel zum Gentleman gemacht, lachte der Vater. Katers gutes Benehmen hielt sogar über den Abend hinaus an, wenn die Freundin ihn verlassen mußte, weil die Familie annahm, daß ihre Leute auf sie warteten.

»Katzenmädchen, du scheinst wirklich etwas ganz Besonderes zu sein!« sagte Felix' Frauchen eines Tages, nachdem sie beobachtet hatte, daß Carolus das Katerchen neuerdings unbehelligt ließ, wenn die Kätzin bei ihm war. Carolus war ein Dalmatiner, der im Erdgeschoß wohnte und gewöhnlich neben dem Haus auf Felix wartete, um an ihm die Jagd zu üben. Bis jetzt war die Hetze zwar jedesmal ohne befriedigendes Resultat geblieben, weil der Kater wohl nicht schneller, jedoch wendiger war als der Hund. Noch immer hatte er einen für den Verfolger unerreichbaren Punkt erklimmen können. Oder Friedrich war zur Rettung seines Kerlchens erschienen. Aber niemand wußte, wie lange die Auseinandersetzung noch gutgehen würde.

Seitdem der weiße Gast den Intimfeind begleitete, verhielt sich Carolus friedlich. An Felix hatte er offenbar jedes Interesse verloren. Und auch der Knabe, der seinen Schutzling manchmal an dem Jäger vorbeitrug, mußte sich von diesem nicht mehr anspringen lassen. Man konnte sogar den Verdacht haben, daß sich der Hund zu

der Katze hingezogen fühlte und daß ihn nur die natürliche Artbarriere daran hinderte, mehr zu versuchen, als nur um sie herumzuschwänzeln.
Der Hauswirt hatte festgelegt, daß jede der drei Mietparteien höchstens ein Tier halten dürfe. Er wolle keinen Zoo unter seinem Dach, zudem könnten zu viele Hunde und Katzen den Frieden stören. Als er sich auf dem Grundstück zu schaffen machte und Felix mit seiner Gespielin auf dem Balkon herumtobte, befürchtete die Mutter deswegen Ärger. Schließlich hatte der Hausbesitzer bereits die Hündin abgelehnt, welche die Leute im Parterre als Partnerin für ihren Dalmatiner anschaffen wollten. Und dies, obwohl die Mittelpartei mit Ausnahme eines Kanarienvogels tierlos war und man so hätte tun können, als ob mit insgesamt drei Vierbeinern in drei Etagen die Vorschrift befolgt worden sei.
»Gebt Ruhe!« zischte die Frau, um das Ärgste zu verhindern, erreichte damit allerdings das Gegenteil und machte außerdem den Hausherrn auf die Vorgänge im zweiten Stock aufmerksam.
»Ihr Felix hat wohl wieder mal seine wilde Stunde?« rief er hinauf und winkte ihr zu. »Ja, so ist das mit Katzen. Sie können sich mit sich selbst verlustieren – und wenn's mit dem eigenen Schwanz ist.« Da wurde ihr klar, daß er die zweite Katze nicht wahrnehm, obwohl sie eigentlich nicht zu übersehen war.
Nach ein paar Wochen verstärkte sich in der Familie der Eindruck, als werde Felix' Freundin am Abend, ehe sie die Wohnung verließ, unruhig. Ihr ganzes Verhalten änderte sich: Ihr Fell sträubte sich. Sie schnüffelte wie ein

Spürhund in die Ecken hinein. Beim Abschied geriet ihr sanftes Miauen zur Disonanz. Ihr Weggang hatte nichts Kätzisches, legte sie sich doch mit auf den Boden gedrückten Vorderpfoten und hochgestrecktem Hinterteil vor die Menschen hin und zog sich allmählich zurück, als fiele es ihr schwer, die Wohnung zu verlassen.
»Was hat sie nur?« fragten sich die anderen.
»Sie tut so, als wollte sie uns warnen«, vermutete Friedrich. »Kannst du uns nicht helfen, Felix?«
Aber derjenige, der die Artgenossin am ehesten hätte verstehen sollen, blieb die Antwort ebenfalls schuldig. Rückwärts kriechende Katzen waren ihm im übrigen unheimlich – vor allem, wenn keine Gefahr bestand.
Dann kam die Nacht der Katastrophe – und mit ihr die Erklärung für das scheinbar unbegreifliche Benehmen der Katze.

Manche Tiere, deren Instinkt nicht durch lange Abhängigkeit von ihren Ernahrern verkummert ist, fuhlen die Vorboten eines drohenden Unheils. Wenn es ihnen möglich ist, verlassen sie Orte, an denen Schlimmes geschehen wird, noch bevor es eintritt. Sie nehmen Zeichen wahr, die der Mensch nicht einmal mit Hilfe seiner hochentwickelten Technik so schnell, wenn überhaupt, zu erfassen vermag. Erdbeben gehören dazu, Flutwellen, eine sich andeutende Dürre, Schiffsuntergänge – und Brände. Verheerende, weite Landesteile zerstörende Brände ebenso wie örtlich begrenzte, jedoch für die Betroffenen nicht minder schreckliche Feuer.

Die Familie lag in ihrer Wohnung unterm Dach im tiefen Schlaf, als die Bewohner des ersten Stocks schon das Bewußtsein verloren hatten. Felix träumte in seinem Korb in der Küche von Dingen, die nur Kater interessieren, als die Katze noch einmal zurückkam. Es dauerte eine Weile, bis es ihr gelang, ihn seinen abenteuerlichen Phantasien zu entreißen. Endlich wachte er von ihrem Kratzen auf. Da er annahm, daß sie zu ihm hereinwollte, entschloß er sich, Friedrich zu wecken.
Schlaftrunken raffte sich der Junge auf. Er wußte, daß der Quälgeist keine Ruhe geben würde, wenn er Lust auf einen nächtlichen Spaziergang verspürte, bis er ihn hinausließ. Als er die Wohnungstür öffnete, drang ihm bereits der Rauch entgegen. Erschrocken vergaß er denjenigen, der ihn aus dem Bett geholt hatte, und lief zu den Eltern.
Felix suchte derweil niesend und mit tränenden Augen nach der verschwundenen Freundin. Dann erschreckten ihn die Schreie der Leute im ersten Stock und das Heulen der Feuerwehrsirenen.
Als er sich aus seinem Versteck im Wald endlich wieder hervortraute, war das Haus eine Ruine. Die Menschen standen, soweit sie nicht weggebracht worden waren, in Decken gehüllt auf der Straße. Er fand seine Familie. Ihr war dank der frühen Warnung nichts passiert, und sie hatte sogar die wichtigsten Dinge retten können. Den Dalmatiner hatte die Hilfsmannschaft noch an Ort und Stelle aufgegeben. Das zweite Opfer war sein Frauchen. Als die Feuerwehr die Tür aufbrach, war die Frau bereits erstickt.

Erst nach Tagen, nachdem die Familie bei Verwandten untergekommen war und sich einigermaßen von dem Schock erholt hatte, erinnerte man sich, daß man Felix das glückliche Davonkommen verdankte. Er wurde gehätschelt und getätschelt. Allerdings nahm dieser Lob und Belohnung kaum zur Kenntnis. Zu sehr vermißte er seine weiße Freundin.

Spiel mit Tieren

Das grausamste aller Lebewesen auf der Erde sei der Mensch, sagte einst Franz von Assisi. Löwinnen töteten die Gazelle als Nahrung für sich und ihre Jungen. Der Adler schlage den Hasen, wenn er Hunger habe und seine Brut füttern wolle. Und selbst das Krokodil, Horrorkreatur der menschlichen Phantasie, bleibe träge am Flußufer neben badenden Eingeborenen liegen, wenn es satt sei. Der Mensch morde aus Macht- und Rachgier, und seine Lust am Quälen werde meist nur durch Erziehung, Religion oder Angst vor Strafe unterdrückt.

Spielt eine Katze mit der Maus, so ist sie sich keiner Grausamkeit bewußt. Gehen zwei Hähne mit aufgeschnallten Hakenkrallen aufeinander los, so steht immer der Mensch dahinter. Er ist es letztlich auch, der aus einem Hund durch Zucht und Dressur eine Kampfmaschine macht, die er manchmal nicht mehr kontrollieren kann. Er jubelt in öffentlichen Arenen seinesgleichen zu, wenn dem Stier, der nur scheinbar eine Chance hatte, der letzte Stoß versetzt wird, nachdem man den verzweifelten Gesellen vorher mit Widerhaken bis zum Wahnsinn gereizt hat. Sage keiner, der Hang zum Quälen spiele dabei überhaupt keine Rolle.

Sie waren vier. Sie stammten aus sogenannten »guten Familien«. Kein Richter hätte zerrüttete Verhältnisse als mildernden Umstand gelten lassen können. Der jüngste von ihnen, gerade dreizehn, trieb es am schlimmsten. Wenn es galt, lebende Frösche aufzublasen, bis sie platzten, Maikäfer und Libellen mit eingesteckten und angezündeten Streichhölzern fliegen zu lassen, Enten mit Angelhaken zu ködern oder Vogeljunge aus dem Nest zu holen, war er am erfindungsreichsten. Neuerdings hatte er ein anderes Spiel entdeckt: Katzen fangen.

Es war lustig, zuzusehen, wie sie außer sich gerieten, wenn man sie – mit Knallfröschen und Kanonenschlägen am Schwanz – wieder laufenließ. Besonders wenn sie versuchten, den Fremdkörper loszuwerden, sich wie wild um sich selbst drehten und dabei die Nase verbrannten. Wobei die Bande sorgsam darauf achtete, keine Tiere aus der Nachbarschaft für diese Art der Belustigung zu benutzen. Unten am Fluß gab es genügend anonyme Streuner, während das Spiel mit bekannten Katzen für Ärger hätte sorgen und die eigenen Eltern hätte auf den Plan rufen können.

Die weiße Katze, die ihnen über den Weg lief und sich ohne Widerstand festhalten ließ, war eine Fremde. Ihre Zutraulichkeit war so groß und sie verhielt sich so ruhig, daß sie es dieses Mal zur Abwechslung mit einem Feuerrad versuchten, dessen Montage ein bißchen schwieriger war. Als sie es endlich geschafft und sich davon überzeugt hatten, daß keiner in der Nähe war, zündeten sie den Docht an. Ein plötzlich auftretender Wind blies die Flamme jedoch aus.

Nach weiteren Versuchen, bei denen die Katze sie sogar zu unterstützen schien, indem sie völlig regungslos ausharrte, gelang es ihnen endlich, die Zündschnur zum Brennen zu bringen. Aber sobald das Feuer die Hülle mit dem Pulver erreichte, erlosch das Flämmchen. Frustriert ließen sie von ihrem Vorhaben ab und suchten sich andere Opfer. Beim Tyrannisieren eines Buben, der nur gebrochen ihre Sprache sprach, vergaßen sie das Objekt ihres mißglückten Experiments.
Der Anführer wurde erst wieder daran erinnert, als er am Abend heimkam und die weiße Katze vor seinem Haus auf ihn wartete. Auf sein Klingeln hin öffnete die Mutter die Tür, und die Katze lief neben ihm ins Haus. Sie trug noch immer das Feuerrad mit sich. Es war so auffällig, daß es der hinzugekommene Vater sofort bemerkte. Weil er seinen Sprößling kannte, zog er den richtigen Schluß, obwohl der Übeltäter leugnete, die Mitgekommene je zuvor gesehen zu haben.
Der Vater tat, was er für richtig hielt: Er gebot seinem Sohn, den Feuerwerkskörper auf der Stelle zu entfernen, und kündigte gleichzeitig für später Konsequenzen an. Bestimmt dachte er dabei nicht an jene Folgen, die unerklärbar eintraten, als der Verantwortliche der Aufforderung folgen wollte und sich niederbeugte. In dem Moment, als er das Feuerwerk berührte, trat nämlich genau das ein, was er und seine Kumpane am Nachmittag beabsichtigt hatten: Es entzündete sich.
Und da sich die Katze jetzt so verhielt, wie man es von ihr unter den gegebenen Umständen erwarten konnte, herrschte von da an Chaos am Ort des Geschehens. Mit

ihrem Sterne spuckenden Anhängsel raste sie kreuz und quer durch den Raum, schnellte auf die Couch und die Sessel, sprang auf den Tisch und an die Gardine und ließ sich nicht festhalten. Wo immer sie mit Brennbarem in Berührung kam, hinterließ sie wieder neue züngelnde Flammen.

Die alarmierte Feuerwehr konnte zum Glück das Schlimmste verhindern. Der Schaden beschränkte sich letzten Endes auf das eine Zimmer. Zudem war die Familie gut versichert.

Schwierig blieb die Feststellung der Brandursache, da kein direkter Brandherd ermittelt werden und die Bewohner des Hauses nichts zur Aufklärung beitragen konnten. Denn die Schilderung des tatsächlichen Ablaufs hätte wohl nur ungläubiges Kopfschütteln ergeben. Außerdem hätten die Eltern zugeben müssen, daß sie es versäumt hatten, ihrem Nachwuchs Achtung vor dem Leben anderer beizubringen – und sei es »nur« das Leben einer schwachen Kreatur.

Schließlich hatte die unbekannte Katze, die übrigens als Beweismittel fehlte, weil sie spurlos verschwunden war, aber doch etwas Gutes bewirkt. Das Bürschchen wurde vom Vater nicht nur eingehend belehrt, sondern auch zum Hilfsdienst in einem Tierheim bewogen. Eine Tätigkeit, der sich wenigstens ein weiterer Genosse anschloß und die von den Delinquenten nach Ablauf der Strafzeit freiwillig fortgeführt wurde. Nachdem auf diese Weise die ehemals »Glorreichen Vier« auseinandergedriftet waren, fand der Rest am Spiel mit Tieren nicht mehr den rechten Gefallen.

Es zeigte sich wieder einmal, daß der Einfluß eines einzelnen eine Mehrheit von Mitläufern zum Schlechten, aber auch zum Guten bewegen kann. Und daß manchmal der scheinbare Zufall das Leben des Menschen bestimmt. Denn 15 Jahre später eröffnete der einstige Tierquäler seine veterinärmedizinische Praxis. Seine beiden Söhne wuchsen mit Katzen auf.

Eine folgsame Tochter

Als die Töchter noch dem Wort ihrer Väter folgten, beschloß der Herr über einen Landstrich im Hessischen, die jahrelange Fehde mit dem Nachbarn dadurch zu beenden, daß er seine Tochter dessen Sohn zum Weib gab. Friede sollte zwischen ihnen herrschen, nachdem schon zu viel eigenes Blut geflossen war unter seinen Untertanen, denn die Zeit angeheuerter Landsknechte aus fremden Stämmen war noch nicht gekommen.

Griseldis, die Tochter des Gebietsherrn, war ein zartes Geschöpf, das Harfe spielte und mit den Vögeln am Fenster plauderte. Ihr Herz hatte sie Martin geschenkt, einem Bauernjungen aus einem der Dörfer ihres Vaters, der Gemüse, Eier und Geflügel brachte und ihr verstohlene Blicke zuwarf, wenn er über den Burghof lief und sich unbeobachtet wähnte. Sie hatte nie ein Wort mit ihm gesprochen, aber sie träumte von seiner Gestalt, seinem Blondschopf, seinem freundlichen Gesicht.

Hubert, der die künftige Allianz zwischen den beiden Beherrschern der Gegend durch seine Heirat mit Griseldis besiegeln wollte, verehrte die für ihn Gewählte, seitdem er ihr bei einem Ausritt begegnet war und sich sein Jagdfalke auf ihren Sattelknauf gesetzt hatte, anstatt direkt auf seine Hand zurückzufliegen. Er hatte, von

ihrem Liebreiz beeindruckt, die Mütze gezogen und sich grüßend verbeugt. Sie hatte dankend den Kopf geneigt, ihr Pferd gewendet und war enteilt.
Am Tag des Verlöbnisses trat er ihr in froher Erwartung und mit den besten Absichten entgegen. Ihr blasses Gesicht und die mit einem feuchten Schleier bedeckten Augen rührten ihn, und er nahm sich vor, dafür zu sorgen, daß ihre Wangen Farbe bekamen und ihre Augen strahlten. Beim ersten Tanz zur Weise der Spielleute fühlte er, wie sie sich so fern wie möglich von ihm hielt. Er verstand ihre Scheu und hielt sie in den Armen wie eine zerbrechliche Puppe.
Nach der Vermählung ließ er ihre Gemächer in einem geräumigen Seitenturm einrichten, von denen aus sie das weite Land überblicken und am Horizont die Burg ihres Vaters sehen konnte. Er sorgte dafür, daß Dinge, an denen sie hing, in ihr neues Zuhause gebracht wurden, damit ihr die Eingewöhnung in die fremde Umgebung leichter fiel. Aus Frankreich und Italien ließ er Fauteuils, Diwan und Kommoden von einmaliger Beschaffenheit kommen, um sie mit einer Umgebung von seltener Schönheit zu erfreuen.
Für all seine Bemühungen dankte sie ihm. Aber ihre Freude war ohne Spontaneität. Die innere Heiterkeit, die ihr früher zu eigen gewesen war und die manchmal in einem herzlichen Lachen gegipfelt hatte, blieb aus. Noch mehr beunruhigte ihren Gemahl ihr geringer Appetit. Von den gefüllten Tauben, den gerösteten Rebhühnern, den gespickten Ferkeln und den delikaten Forellen aß sie höchstens ein paar Bissen, um sich da-

nach zu entschuldigen und zurückzuziehen. Gelegentlich nippte sie am Wein, meist begnügte sie sich mit Wasser. Der konsultierte Arzt konstatierte Blutarmut und einen Hang zur Schwermut und verschrieb allerlei stärkende Tees.

Als sich ihr Zustand nicht besserte, brachte ihr Hubert eine weiße Katze zur Gesellschaft. Zum ersten Mal zeigte Griseldis Interesse. Sie hob das Tier zu sich empor, setzte es vor sich auf den Tisch, nahm es auf den Schoß und legte es schließlich neben sich aufs Bett. Lächelnd schlief sie ein. Die Katze hatte sich neben ihr zusammengerollt. Sie blickte den Gebieter mit einem eigenen Ausdruck an. Darüber vergaß dieser seine Absicht, sich neben seiner Frau auszustrecken.

Nachdem sich die beiden Territorialherren ausgesöhnt hatten, fanden sie zu Gemeinsamkeiten auf mancherlei Gebieten. Für das beiderseitige Gesinde gab es Wettbewerbe wie Kochen, Backen und Schnellmelken. Die Bauernburschen durften ihre Kräfte und ihr Geschick beim Laufen, Gewichtheben, Steinewerfen und Kuhreiten beweisen. Dabei gewährten die Oberen dem gemeinen Volk öfter die Gunst ihrer Anwesenheit.

Zu den anspruchsvolleren Festen, den Maskeraden, Tanzabenden und den Feiern an der eleganten Tafel, blieb man selbstverständlich unter sich. Auch nach der Jagd war das so. Am Ende verteilte man etwas Federvieh, ein paar Hasen und – wenn die Hetze besonders gut geglückt war – eine Wildsau an die Treiber und Raßler, damit sie sich abseits vom Herrenhaus amüsieren konnten.

Griseldis mußte sich zu solchen Anlässen den Gästen zeigen, und die meisten bewunderten die schöne junge Frau, ohne ihre Betrübnis wahrzunehmen. Nur einer verspürte sie, als er den Preis für den weitesten Sprung aus ihren Händen entgegennahm und ihr dabei so nahe kam wie noch bei keiner anderen Gelegenheit. Martin war es, als werde ihm ein Messer in den Leib gestoßen, als er für einen Moment ihre Hand berührte. Verwirrt setzte er an, die Katze auf ihrem Schoß zu streicheln. Dann besann er sich, verbeugte sich linkisch und lief davon. Die Gesellschaft lachte über den ungelenken Burschen, während seine Angebetete Mühe hatte, die eigenen Gefühle zu verbergen, indem sie ein harmloses Gespräch mit dem neben ihr sitzenden Gemahl begann. Jedoch verschlechterte sich ihr Gesundheitszustand von da an zusehends.
In der Nacht wanderte sie ruhelos in ihrem Gemach hin und her, dazwischen immer wieder am Fenster verweilend. Am schlimmsten war es bei Vollmond, wenn silhouettenhaft das Dorf sichtbar blieb, in dem der heimlich Geliebte schlief. Hubert, ihr Gemahl, ahnte noch immer nichts von ihren Gefühlen. Rücksichtsvoll hatte er den Platz neben ihr geräumt und war in einen anderen Raum ausgewichen.
Die weiße Katze störte sich nicht an ihrer Rastlosigkeit. Sie erwies sich in jeder Stunde als intime Vertraute, die ihre Sehnsucht zu verstehen schien, die ihr zuhörte, wenn sie zu ihr von ihrer Liebe sprach. Es hatte sogar den Anschein, als habe ihr Einverständnis dazu geführt, daß sie die Eßgewohnheit ihrer Herrin annahm. Mi-

riam, wie Griseldis ihre weiße Freundin nannte, verweigerte die Nahrung.
Als der Jagdunfall passierte und man den angeschossenen Treiber in die Burganlage brachte, saß Griseldis im Lehnstuhl. Sie wog inzwischen nur noch soviel wie ein zehnjähriges Kind und war so schwach, daß sie ihre Kemenate kaum noch verlassen konnte. Auch ihrer Katze sah man die Magersucht an. Ja, es schien, als nähme sie noch rapider ab und als ließe sie keine Gelegenheit aus, Griseldis' Gemahl auf ihre schlechte Lage und den trostlosen Zustand ihrer Herrin aufmerksam zu machen.
Immer dann, wenn dieser sie besuchte, bewegte sie sich nur noch schleppend vor seinen Augen und wimmerte zum Erbarmen, während die Kranke weiterhin still vor sich hin träumte und auf fragendes Drängen freundlich, aber kaum vernehmbar versicherte, es ginge ihr schon besser. Eine Behauptung, die der immer wieder herbeorderte Doktor nur mit einem Kopfschütteln kommentierte. Der ebenfalls zu Rate gezogene Bader meinte, die Symptome deuteten auf Liebeskummer. Das sei aber wohl nicht möglich bei einem so liebevollen Gatten.
Vom Fenster aus beobachtete Miriam das aufgeregte Herumlaufen im Hof, und es gelang ihr, die lethargische Freundin darauf aufmerksam zu machen. Sie raffte sich hoch und sah hinunter. Plötzlich ging eine Wandlung mit ihr vor. Ihre Gestalt straffte sich, in ihr Gesicht kehrte Farbe zurück, und die Füße, die sie zuvor nicht mehr tragen wollten, traten fest auf, als sie die ver-

schlungenen Treppenstufen ihres Turms hinuntereilte. Sie drängte sich durch die um den Verwundeten Herumstehenden und beugte sich zärtlich über ihn, ohne darauf zu achten, daß sie damit ihre Gefühle verriet.
Martin war bewußtlos, als sie ihn fand und man ihn auf ihr Geheiß in die Halle brachte. Mittlerweile war der herbeigerufene Bader gekommen. Während er die Kugel aus der Brust des Verletzten herausschnitt und den Verband anlegte, kniete Griseldis neben dem Geliebten und hielt seinen Kopf. Als er endlich die Augen aufschlug und sich ihre Blicke trafen, kehrte ihre vorübergehend überwundene Schwäche zurück. Sie wurde ohnmächtig. So fand sie Hubert, ihr Gemahl.
In den folgenden Tagen, in denen sich seine Frau aufopfernd um den Bauernjungen kümmerte, erkannte er den Grund ihrer Schwermut. Der Angeschossene war in einer Gesindestube zu ebener Erde untergebracht worden, bis er so weit wiederhergestellt sein würde, daß er heimgebracht werden konnte. Um ihn pflegen zu können, entwickelte Griseldis Kräfte, die sich nach ihrem Siechtum wie ein Wunder ausnahmen. Dazu verzehrte sie solche Mengen an Brot, Fleisch, Geflügel und Obst, daß ihr Arzt Angst bekam, ihr entwöhnter Körper werde die schnelle Umstellung nicht vertragen. Erstaunlicherweise schien sich gleichzeitig auch die Katze zu erholen. Die Magd, welche die Speisen ins Turmzimmer trug, äußerte den Verdacht, daß das Tier an den Delikatessen teilhabe, weil einer allein so viel nicht verzehren könne. Doch gab es keinen Beweis dafür, denn niemand sah die Katze jemals essen.

Der Hausherr beobachtete die Zuneigung zwischen dem Kranken und seiner Pflegerin mit Sorge und beschloß, dem Spiel rechtzeitig ein Ende zu bereiten. Er ließ eine Trage anfertigen und beauftragte zwei seiner Leute, den Nebenbuhler, der ihm die Gunst der geliebten Frau stahl, wegzuschaffen. Dies sollte heimlich geschehen, wenn sie schlief.

Allerdings hatte er nicht mit der Katze gerechnet. Als die Männer kamen, um ihren Auftrag zu erledigen, zerrte Miriam an der Schlafenden, schrie wie in Verzweiflung, rannte zur Tür und gab nicht eher Ruhe, bis Griseldis merkte, daß etwas nicht stimmte, und ihrer vorauseilenden Warnerin folgte. Sie trat den Knechten entgegen, als sie gerade mit ihrer Last auf den Hof hinaus wollten, und gebot ihnen, zu warten.

Sie fand den Gatten bei den Pferden. Allen Mut zusammennehmend, erklärte sie ihm, daß sie mit Martin fortgehen werde, sobald er das Haus verlassen müsse. Dabei vergessend, wie gering ihre Chance im Grunde war, sich gegen ihn durchzusetzen. Gaben ihm in dieser Zeit doch Recht und Gesetz die Macht, sie zur Treue zu zwingen und einen, der die Ehe gefährdete, auf das Härteste zu bestrafen.

Und doch geschah das Unwahrscheinliche. Hubert, der seine Frau so sehr liebte, daß er am meisten unter ihrer Trauer litt und alles zu tun bereit war, um sie glücklich zu machen, erklärte sich bereit, sie freizugeben. Er versprach ihr sogar, sich zu bemühen, daß jener alte Streit zwischen ihren Vätern deswegen nicht von neuem ausbräche. Als er sie so tröstete, glaubte er die Stimme einer

Katze zu hören. Aber das war gewiß eine Halluzination. Denn was er vernahm, veränderte sich im nächsten Moment und glich danach mehr dem Klingen eines sehr zarten, hellen Glöckchens.

Keinem der Beteiligten kam jetzt oder später der Gedanke, daß der glückliche Ausgang der Geschichte etwas mit einer Katze zu tun haben könnte. Denn der Einfluß von Schutzengeln bleibt selbst denen, die an sie glauben, in den meisten Fällen verborgen.

Ein herzhaftes Tier- und Menschenbuch

Herbig

Wahre Begebenheiten aus dem Zusammenleben mit den eigenwilligen vierbeinigen Hausgenossen, aufmerksam beobachtet und spannend dargestellt. Humorvolle Geschichten voll tiefen tierpsychologischen Verständnisses – hoch willkommene Lesefreude und kenntnisreicher Ratgeber für jeden Katzenfreund.